Eines Menschen Einfälle

Peter Bamm

Eines Menschen Einfälle

Herausgegeben von
Walter Stehli

Deutsche Verlags-Anstalt

CIP-Kurztitelaufnahme der Deutschen Bibliothek

Bamm, Peter
[Sammlung]
Eines Menschen Einfälle / hrsg. von Walter Stehli.
Stuttgart : Deutsche Verlags-Anstalt, 1977.
ISBN 3-421-01807-3

Gesamtherstellung: May & Co., Darmstadt
Printed in Germany

Inhalt

Vorwort des Herausgebers

Die Idee zu einem kleinen Gedenkband für Peter Bamms große Lesergemeinde kam mir, als ich mit Felix Berner, dem Leiter des Allgemeinen Buchverlages der Deutschen Verlags-Anstalt, den nachgelassenen Feuilletonband „Ein Leben lang" vorbereitete. Peter Bamm hatte sich selbst immer wieder mit dem Plan beschäftigt, Sentenzen aus seinem Werk auszuwählen, sie um ungedruckte Bonmots zu vermehren und so seinen Lesern eine Art Quintessenz seines heiteren Nachdenkens zu bieten. Dieses Vorhaben wollte ich verwirklichen im Blick auf den 80. Geburtstag des Autors am 20. Oktober 1977, gleichsam als Dank für eine langjährige, tiefe Freundschaft. So entstand in immer neuen Durchgängen aus Tausenden von Zitaten allmählich diese Auslese von Aphorismen, Marginalien, Bonmots, Meditationsergebnissen, Lebenserfahrungen und pointierten Anekdoten.

Die eingestreuten Humoresken habe ich mit der Frage betitelt, mit der mich P.B. regelmäßig auf der Schwelle seines Arbeitszimmers empfing: „Habe ich Ihnen diese Geschichte schon erzählt?" Und dann sprudelte es aus ihm hervor, wie ein unversiegbarer Quell: überraschende Episoden, abstruse Begebenheiten, erstaunliche Erlebnisse.

Mit großer Freude erzählte er mir einmal von seiner indirekten Begegnung mit dem Heiligen Vater. Als Papst Paul VI. Jerusalem besuchte, hatte er den Wunsch, während des Fluges etwas über Jerusalem zu lesen. Man übergab ihm die italienische Ausgabe von Peter Bamms „Frühe Stätten der Christenheit", erschienen beim Verlag Aldo Garzanti, eine Übersetzung, die ich seinerzeit vermittelt hatte. Der Papst äußerte sich sehr lobend über das Buch. Daraufhin wurden zwei Exemplare des Werkes von der vatikanischen Buchbinderei in Leder gebunden und mit Goldschnitt versehen: das eine Exemplar für die Bibliothek des Vatikans und das zweite für den Verfasser, der es mir mit berechtigtem Stolz zeigte.

Wie er zu schriftstellern begann und „wie der ehrenwerte Autor Peter Bamm geboren wurde", ist im Geleitwort zum Feuilletonband „Am Rande der Schöpfung" nachzulesen. Hier soll nicht von seinen Anfängen die Rede sein, sondern von einigen persönlichen Erinnerungen an seine letzten Lebensjahre.

Meine erste Begegnung mit Peter Bamm hatte – nach einer weit zurückliegenden Korrespondenz wegen der oben erwähnten Vermittlung einer italienischen Ausgabe – 1967 in der „Kronenhalle" in Zürich stattgefunden. Wir hatten uns gleich gut verstanden, und von da an war ich regelmäßiger Gast in seinem Haus. In der Entstehungszeit seiner autobiographischen Rückschau „Eines Menschen Zeit" entwickelten sich unsere immer häufigeren Begegnungen zu sprachlich-stilistischen Diskussionssitzungen. Ich durfte P.B. beim Schreiben sozusagen über die Schulter schauen.

Alle seine Bücher schrieb er von Hand und ließ dann die Manuskripte zu Korrekturzwecken in Maschinenschrift übertragen: einmal, zweimal, zehnmal, bis die ihm zusagende endgültige Fassung vorlag. Die stilistische Eleganz floß ihm nicht unbesehen aus der Feder. Er arbeitete ernst und fleißig an seinem persönlichen Stil. Die Schriftstellerei, die er nie leicht genommen hat, betrachtete er als ein Handwerk, zu dessen Erlernung eine Lehr- und Gesellenzeit gehört; und als er schon lange zu einem Meister des Schreibens geworden war, nahm er immer noch jede Anregung dankbar entgegen. Oft diskutierten wir lange über die Formulierung eines wichtigen Satzes, über den Coniunctivus imperfecti, über die Regeln der Interpunktion. Für jedes Komma, das ich beisteuerte, bedankte er sich herzlich und nannte mich scherzhaft seinen lieben Kommalitonen. Aber er beschränkte sich nicht auf Kleinigkeiten. Er war bereit, ganze Seiten umzuarbeiten oder zu streichen. Wenn er einmal ironisch festgestellt hat, er habe im Durchschnitt, auf sein ganzes Leben bezogen, pro Tag anderthalb Zeilen geschrieben, so hat er bestimmt die Zeit nicht eingerechnet, die er auf Korrekturarbeiten verwendete.

Die Lesungen neuer Abschnitte aus seiner Autobiographie und später aus seinem Feuilletonband „Am Rande der Schöpfung" bleiben mir unvergeßlich. Oft telefonierte er mir: „Lieber Freund, Allah ist groß, ich habe wieder ein paar Seiten geschrieben. Wann können Sie kommen, ich muß sie Ihnen unbedingt vorlesen." Manchmal erreichten mich seine Nachrichten schon am Montag Vormittag per Eilboten; einmal mit der echt Bammschen Überschrift: „Das Wort zum Montag“ von Pater Bemm.

Das Urteil seiner Gattin, die er Penelope nannte, war für Peter Bamm ein wesentlicher Prüfstein seiner Arbeiten. Nach der Lektüre eines neuen Abschnittes teilte er mir stets mit, welche Meinung sie dazu geäußert hatte. Ihr las er die neugeschriebenen Seiten zuerst vor, ihr Urteil schätzte er über alles.

Besonders glücklich fühlte sich Peter Bamm in seinen letzten Jahren in seiner Zürcher Stammtischrunde, einem Kreis von Schriftstellern, Professoren und Verlegern, die aus dem ehemaligen Zürcher Literaten-Café „Odéon“ in die berühmte „Kronenhalle“ hinübergewechselt hatte. Zu diesem Kreis gehörten u. a. Max Rychner, Robert Faesi, Emil Staiger, Werner Weber, Peter Schifferli, Walter Mehring, N. O. Scarpi, Walther Meier, Erwin Jaeckle, Kurt Pahlen und ich. Als Peter Bamm dazustieß, waren die sechs zuletzt genannten fast regelmäßig anwesend. Auf den Freitag in der „Kronenhalle“ freute sich P.B. von Woche zu Woche mehr. Er fühlte sich so richtig in seinem Element, wenn er dieser Freundesrunde aus seinem Leben erzählen konnte: vom Ersten Weltkrieg, aus seiner Studentenzeit in Göttingen, von seinen Erlebnissen als Schiffsarzt auf großen Fahrten nach Ostasien, Südamerika, Westindien, Westafrika, oder als Kassenarzt in Berlin und als Chirurg an der Ostfront im Zweiten Weltkrieg. Es gab ernste und hochgelehrte Gespräche, die ihn auf der Höhe seines Wissens und seiner Weisheit zeigten, aber daneben sprudelte ein unerschöpflicher Quell von Anekdoten: selbsterlebte und erfahrene, überlieferte und auch selbsterfundene, die er so geschickt miteinander zu verknüpfen verstand, daß jedesmal ein Mosaik der guten Laune daraus entstand. Peter Bamms geistige Heiterkeit, seine Kunst der Konversation, seine Begabung, Geschichtchen als Teil der Geschichte zu erzählen, seine umfassende humanistische Bildung und seine große Menschenkenntnis gaben der Stammtischrunde ein einmaliges Gepräge. Es waren für uns, es waren aber auch für ihn glückliche Augenblicke.

Peter Bamm freute sich darüber, daß gerade seine Spätwerke „Eines Menschen Zeit“ und „Am Rande der Schöpfung“ so große Erfolge hatten. Die Dankschreiben seiner Leser bedeuteten ihm viel; er zeigte sie mir oft und gern. Eines dieser Dankschreiben möchte ich hier zitieren: „Manchmal muß ich innehalten und staunen. Was dieser Mann alles weiß und kann, daß soviel Platz hat in seinem Kopf drin! Ich hätte nie gedacht, daß es einen so gescheiten Menschen gibt, der Forschung und Wissenschaft bewundert und wohl auch auf dem laufenden ist – und dazu noch so weise, daß er sich eine gewisse Scheu vor dem Unerklärbaren, vor dem Wunder der Schöpfung bewahrt hat. Es ist tröstlich und beglückend und sei besonders bedankt.“ Das schrieb eine Achtzigjährige.

In seinem letzten Lebensjahr beschäftigte sich Peter Bamm mit einem Werk, das ihm, als studiertem Sinologen, sehr am Herzen lag. Er wollte ein Buch über China schreiben. In seiner Bibliothek reihte sich bereits Werk an Werk der einschlägigen Literatur. Aus dem, was er vorbereitete und plante, wäre ein faszinierendes Chinabuch geworden. Leider ist es in den ersten Ansätzen zu einem Vorwort steckengeblieben; einen Abschnitt daraus habe ich in „Ein Leben lang“ unter dem Titel „Apollon als Buddha“ eingefügt.

Bei der Ordnung der in diesem Buch enthaltenen Zitate habe ich mich bis zu den Überschriften der einzelnen Kapitel so nahe wie möglich an Peter Bamm selbst gehalten. Diesem Prinzip bin ich auch im Buchtitel gefolgt, den ich seiner Titelformulierung „Eines Menschen Zeit“ anlehnte.

Ich möchte mich an dieser Stelle bei allen bedanken, die dazu beigetragen haben, daß dieses Buch zustande kam: vorab bei Frau Biedenkopf, der Tochter des Autors, – leider kann ich den Dank an seine Frau nicht mehr in dieses Buch aufnehmen, da sie im April verstorben ist – wie auch bei den Verlagen, die den Abdruck aus den Werken von P. B. gestattet haben.

Möge die Lektüre der folgenden „Einfälle“ eines unvergeßlichen Freundes viele Menschen dazu ermuntern, am Geburtstag von Peter Bamm seiner dankbar zu gedenken!

Kilchberg am Zürichsee
Juni 1977

Walter Stehli

Unterwegs

Eine Reise ist, wie die Liebe, eine Fahrt ins Unbekannte[1].

Das Salz des Reisens sind die glücklichen Zufälle[1].

Richtig unterhaltsam wird das Reisen erst, wenn man morgens noch nicht weiß, ob man abends in einem Hotel, unter einem Nußbaum oder in der Gefangenschaft eines Räubers schlafen wird[1].

Man soll die Nacht nicht vor dem Räuber loben[1].

Der Bahnhof, mag er immerhin ein Wunderwerk der Technik sein, vor allem ist er eine Eroberung der menschlichen Seele. Die Bahnhöfe, das sind die Burgen stolz und kühn am gewundenen Lauf unseres Lebens[2].

Welch andere Stätte könnte sich rühmen, so viele Seufzer zu bewahren, so viel Leid und Stolz, so viel Glück und Jammer gesehen zu haben wie eine Bahnhofshalle[2]?

Je weniger man, wenn man auf Reisen geht, von den Dingen weiß, denen man begegnen wird, um so sicherer ist man, wirklich etwas von ihnen zu erfahren[1].

Ein weitgereister Mann zu sein, gilt heute wie zu allen Zeiten als erstrebenswert. Nur vergessen die, denen es an der Wiege gesungen wurde, allzuleicht, daß man weitgereist nur für die ist, die daheimgeblieben sind. Wer beharrlich Kontinente abgrast und Metropolen sammelt, ist, wenn er dafür bewundert werden will, angewiesen auf die bescheidenen Diener Merkurs, die ein Leben lang am gleichen Orte sitzenblieben[3].

Während eines Jahres makellosen Nichtstuns habe ich täglich im „Café de la Paix" gesessen. So bin ich sicher, alle Pariser zu kennen. Jeder Pariser kommt schließlich einmal im Jahr an diesem Café vorbei[12]!

Die Kleinigkeiten sind es, die die Fremde machen. Menschen fremder Länder haben gewiß eine andere Kunst, andere Gesetze, eine andere Religion. Aber vor allen Dingen haben sie eine andere Art, den Kopf zu neigen, eine andere Art zu lächeln, eine andere Art, Geld auf den Tisch zu zählen, eine andere Art, den Reis zu kochen. Sie haben anderen Wein und anderes Brot[9]!

Die Ferne bleibt die ewig Geliebte, solange sie uns überraschen kann. Die Sehenswürdigkeiten sind die Perlen und die Edelsteine, mit denen sie sich schmückt für uns[1].

Die Vornehmen früherer Zeiten sind gern und viel gereist. Das einzige Risiko damals waren die Räuber. Das Risiko, ausgeraubt zu werden, war jedoch sehr viel geringer als heute das Risiko, überfahren zu werden[4].

Im Deckstuhl zu liegen, ist etwas ganz anderes, als etwa am Strand in der Sonne zu liegen. Während man zwei Stunden döst, hat man ein Stück von dem geleistet, was dem Vasco da Gama, und mit Recht, als Heldentat angerechnet wurde, und was jedermann sonst zugute geschrieben wird, man ist nämlich vorwärts gekommen. Die ausgezeichnete Tatsache, daß das Schiff den Menschen seinem Ziele näher bringt, nimmt dem Nichtstun jeden unmoralischen Charakter[1].

Columbus, mit seiner Fahrt von Europa nach Amerika, entdeckte eine neue Welt. Er hat nicht die geringste Vorstellung davon gehabt, wie umstürzend seine Entdeckung die alte Welt verändern würde. Lindbergh, auf seinem Flug von Amerika nach Europa, schuf eine neue Welt. Auch er hat sich kein Bild davon machen können, was aus seiner kühnen Tat entstehen würde[12].

„Habe ich Ihnen diese Geschichte schon erzählt?"

Als gute Menschenkenner wissen Seeleute, wie Passagiere sich den Seemann vorstellen. Und genau diese Rolle spielen sie mit solcher Vollendung, daß sie zum Schluß selbst nicht mehr genau wissen, was davon Ernst oder Spiel ist. Der beste Darsteller des „Seemanns für Passagiere", den es je gegeben hat, war Hans Albers. Die beste Geschichte, die es von diesem Seemann gibt, ist wohl die von dem Matrosen, der den Auftrag hatte, die Mastspitze neu zu streichen. Sitzend auf einem kleinen, an zwei Tauen befestigten Brettchen, an dem der Topf mit der Farbe hing, mit den Beinen den Mast umklammernd, schwang der Mann, die linke Hand in der Hosentasche, mit der rechten Hand den Pinsel. Ein waschechter Lord, der auf dem Bootsdeck seinen täglichen Spaziergang machte und von Zeit zu Zeit hinaufblickte, war vom Leichtsinn des Matrosen aufs äußerste beunruhigt! Als der Matrose in der Mittagspause heruntergeklettert kam, ging der Lord auf ihn zu und bat ihn, ob er nicht, ihm zuliebe, künftig mit der linken Hand sich festhalten wolle. Dabei überreichte er ihm einen Sovereign. Der Matrose betrachtete gelassen das Goldstück, machte eine höfliche Verbeugung und gab es zurück mit der großartigen Bemerkung: „Thank you, Sir! One hand for the ship, one hand for me[12]!"

Adam und Eva

Wenn der Knabe mit sechzehn die Vollkommenheit großer Männer bewundert, weiß er noch nicht, wie viele Schlachten er in dem lebenslangen Krieg zwischen der Tugend und dem Laster verlieren wird. Wenn er dann mit sechzig weise genug geworden ist, von den kleinen Unvollkommenheiten der großen Männer entzückt zu sein, darf auch er sich mit Stolz der kleinen Vollkommenheiten erinnern, die ihm in einem langen Leben in Siegen über sich selbst zuweilen gelungen sind. Die feinste dieser Vollkommenheiten ist das Lächeln über die kleinen Unvollkommenheiten des großen Lebens[2].

Die große Kunst im Leben bedeutender Männer liegt darin, daß die Laster, die sie sich anschafften, zu den Tugenden paßten, welche sie hatten[2].

Kain und Abel sind eines Mannes Söhne[7].

Wenn wir Männer bewundern, wollen wir sie ihrer Taten wegen bewundern. Wenn wir Greise bewundern, wollen wir sie ihrer Weisheit wegen bewundern[3].

Wenn bedeutende Männer in die Jahre kommen, pflegen sie Erinnerungen zu veröffentlichen. Früher überließ man dergleichen seinem Biographen. Aber gerade die, die nicht ganz sicher sind, daß sie einen haben werden, tun es heute lieber selber[2].

Ein kleiner Mann kann sich in seinem ganzen Leben mit nichts so schwer abfinden als mit der unabänderlichen Tatsache, daß er klein geraten ist[4].

Die Männer, deren eigentliche Sitten und Gebräuche im Grunde unbekannter sind als die der Papuas in der Südsee, haben von Natur aus die Neigung, nichts im Leben wirklich völlig ernst zu nehmen außer dem Spiel[3].

Es ist köstlich, wieder einmal zu erleben, daß man sich mit einem Mann herzlich befreunden kann, indem man mit ihm schweigt[4].

Einem Kameraden hilft man. Einem Kollegen mißtraut man. Mit einem Freunde ist man albern[1].

Die Albernheit ist eine männliche Tugend, die Geist voraussetzt, um ihn aufgeben zu können, und Ordnung, um sie umstürzen zu können. Sie ist der Prüfstein der Freundschaft sowohl als der Liebe. Nichts sollten die Frauen so ernst nehmen wie unsere Albernheiten. Über nichts sollten sie weniger traurig sein, als wenn wir nicht albern genug sind[1].

Tatsächlich beschäftigen sich die Männer ihr ganzes Leben lang mit den Frauen. So bleibt ihnen keine Zeit, sich mit dem Problem Frau zu beschäftigen[2].

Wir befinden uns meistens in der Lage jenes Mannes, der auf die Frage, ob er in seiner Erkenntnis über das Wesen der Frauen weitergekommen sei, die klassisch schöne Antwort gab: „Noch zwei Jahre Erfahrung, und ich kenn' mich überhaupt nimmer aus[3]!"

An der kapriziösen Laune einer schönen Frau kann ein Mann leicht zugrunde gehen. Auf diesem Grunde findet der Anker der Erfahrung guten Halt[3].

Es gibt die von uns allen ohne Einschränkung bewunderte Erscheinung des Frauenkenners. Das ist der Mann , der in der Seele der Frau liest wie in einem offenen Buch. Merkwürdigerweise erfreut sich dieser von Männern so bewunderte Mann bei den Frauen keiner großen Beliebtheit. Fest steht, daß seine Ratschläge meist zu dem entgegengesetzten Ergebnis führen als dem, zu dem sie führen sollten[3].

Das Wesen des Gentleman liegt darin, in allen Lagen einer zu sein[13].

Den „Kavalier der alten Schule" hat es schon in der Steinzeit gegeben[8].

Ein Mann von Geschmack muß seinen Verstand ebenso sorgfältig zu verbergen trachten, wie eine Frau von Geschmack ihre Gefühle bis zum letzten Augenblick geheimzuhalten weiß[3].

Wir wollen auch noch jenes Mannes gedenken, der schon im Bett liegt, als ein Telegramm kommt. Er legt sich ruhig erst einmal wieder hin und, nachdem er das Telegramm geöffnet und den Tod von Onkel Bertram daraus entnommen hat, dreht er das Licht aus, legt sich auf die andere Seite und seufzt nur, schon im Halbschlaf: „Nein, das wird ein Schmerz sein morgen früh[2]!"

Wahrscheinlich hat die Schlange im Paradies Eva nichts weiter zugeflüstert, als daß man jetzt Feigenblätter trage[4].

Es steckt eine tiefe Weisheit in dem uralten, über die ganze Welt verbreiteten Brauch, daß der Wille der Götter dem Menschen durch den Mund einer Frau kundgetan wird[8].

Von den Träumen der jungen Mädchen hängt es ab, wie sie später ihre Gunst verteilen werden[2].

Man darf vermuten, daß im Lauf der Geschichte die Träume der jungen Mädchen einen größeren Einfluß auf die Entwicklung des menschlichen Geschlechts ausgeübt haben als alle Systeme der Philosophie[2].

Das junge Mädchen will niemals etwas anderes sein als ein junges Mädchen. Es sind Fälle bekannt geworden, daß junge Mädchen sich jahrzehntelang als solche gehalten haben[4].

Möglicherweise will eine junge Dame schlechthin eine Dame werden. Aber eine alte Dame will sie sicher nicht werden[4].

Frauen sind immer erstaunt, was Männer alles vergessen. Männer sind erstaunt, woran Frauen sich erinnern[4].

Es gibt keinen größeren Unsinn als die Behauptung, Frauen seien unpünktlich. Frauen haben zwar keine Beziehung zu Uhren, außer zu denen, welche in den Schaufenstern der Juweliere liegen; aber Frauen haben eine wunderbare Beziehung zur Zeit. Für Männer hat die Zeit einen Wert. Für Frauen hat sie eine Bedeutung[2].

Wir sind gewöhnlich der Meinung, daß Frauen sich schön machen, um uns zu gefallen. Das ist natürlich Unsinn. Männer sind konservativ und immer aufs neue verblüfft durch die Capricen, mit denen die Mode sie verwirrt. Frauen machen sich schön aus keinem anderen Grund, als um sich selber zu gefallen. Ihr Partner ist der Spiegel. Er allein kann ihnen sagen, was sie wissen wollen[4].

Es gibt keine Frau auf der Welt, für die nicht ein kleines Sträußchen Veilchen, das die Liebe ihr scheu und verlegen überreicht, unendlich viel kostbarer ist als ein Orchideenarrangement, mit dem man auf sie Eindruck machen oder sie bestechen will[2].

Daß Frauen gerne hübsch aussehen wollen, halten wir für eine ihrer reizenden Launen. Aber wir sollten mit dem, was wir über Frauen denken, vorsichtig sein, mindestens so vorsichtig wie mit dem, was wir für sie fühlen[3].

Es gibt keine Mode, welche durchzusetzen die Frauen nicht die Macht hätten[2].

Der Lippenstift ist ein Protest gegen die Unvollkommenheit des Daseins. Das Fragezeichen, das der Mensch hinter die Schöpfung setzt, ist mit Tinte in die Bücher und mit Rouge auf die Lippen der Frauen gemalt. Pascal zieht mit Elisabeth Arden an einem Strick[4].

Vielleicht war der Bubikopf das Symptom dafür, daß das Matriarchat, Millennien alt, nun doch zu Ende war[12].

Unzweifelhaft ist es indiskret, die Handtasche einer Frau auf ihren Inhalt hin zu untersuchen. Eine Frau erlaubt einem Mann einen tiefen Blick in ihr Innenleben, lange bevor sie ihm einen oberflächlichen Blick in ihre Handtasche gestattet. Es gibt manchen Philosophen, der der Meinung ist, das Innenleben von Frauen enthalte keine Geheimnisse. Mag sich das so oder so verhalten, auch der strengste Philosoph wird nicht leugnen wollen, daß Handtaschen Geheimnisse bergen[4].

Als Balzac die „Femme de trente ans" schrieb, eroberte er einer ganzen Generation von Frauen ein volles Jahrzehnt zu ihrem Leben hinzu. Bis dahin herrschte die Meinung, daß ein Mädchen von fünfundzwanzig Jahren eine alte Jungfer und eine Frau von dreißig passée sei[1].

Es kommt für die Frauen nicht so sehr darauf an, daß sie zwanzig sind oder daß sie, wenn sie vierzig sind, wie zwanzig aussehen, sondern daß sie, wenn sie die Vierzig überschritten haben, einen finden, der bereit ist, eine abgründige Verrücktheit für sie zu begehen[3].

Die Frauen sind darauf angewiesen, daß die Männer den Verstand verlieren[1].

Es gibt Damen, Frauen und Weiber, und es gibt Herren, Männer und Kerle. Damen und Herren, Frauen und Männer, Weiber und Kerle – das macht die ganze erwachsene Menschheit aus[2].

Man sollte niemals vergessen: auch Damen gehören zu den Weibern[4].

Eine Dame weiß immer, wie weit sie zu weit gehen darf[4].

Sie weiß, was sie will. Sie kann aber nur wollen, was sie weiß[4].

Eine kluge Frau kann sich unmöglich einen dummen Mann wünschen. Sie würde sterben vor Langeweile[1].

Dumme sowohl wie kluge Männer ziehen die Schönheit der Klugheit vor. Einer schönen Frau kann man stundenlang zusehen, wenn sie spricht. Einer klugen Frau muß man zuhören[1].

Eine Frau hat die Wahl zwischen Liebe und Karriere. Wenn sie die Liebe wählt, wird sie im Alter glänzende Erinnerungen haben, wenn sie die Karriere wählt, im Alter glänzende Juwelen besitzen[13].

Für den Mann ist der Anzug eine Hülle, in der er sich verbirgt. Für die Frau ist das Kleid ein Medium, durch das sie sich enthüllt. Darum wird von Männern der Pelz nach innen getragen, von Frauen nach außen[1].

Nichts auch im Gesicht einer schönen Frau macht die Vollkommenheit so eklatant wie einige kleine Sommersprossen. Ein so gescheites Jahrhundert wie das 18. hatte verstanden, daß die vollkommene Schönheit das Auge blende und nur zu einer Art starrer Bewunderung führen könne. So klebte man, um die Vollkommenheit wenigstens ein wenig zu mindern, ein oder zwei Pflästerchen auf, winzig kleine Kleckse der Unvollkommenheit, Landeplätze für die Schmetterlinge des Entzückens[2].

Der vollkommenen Schönheit der Schönheitsköniginnen entspricht die vollkommene Dummheit ihrer Bewunderer[2].

Schöne Haare und Beine alleine tun's nicht, auch der Charakter muß schlecht sein[13].

Wenn ein Deutscher eine schöne Frau sieht, sagt er: „Mein Gott, was ist sie schön!" Der Franzose sagt: „Diable, comme elle est belle!" Wenn ein Deutscher eine häßliche Frau sieht, sagt er: „Teufel auch!" Der Franzose sagt: „Mon Dieu[13]!"

Liebe und Ehe

Es war nicht das schlechteste Zeitalter, als die Menschen der Venus dienten[1].

Man kann sich schwerlich vorstellen, daß Paris der Aphrodite als Preis der Schönheit eine Gurke überreicht hätte. Die Goldene Gurke des Paris – das hätte selbst Homers Möglichkeiten überstiegen[3].

Liebe ist nicht mit Qualität gekoppelt[2].

In der Liebe geht es zu, wie auf dem Schlachtfeld. Dieselbe Handlung, die eine Stunde vorher zum Sieg geführt hätte, kann eine Stunde später die Niederlage bedeuten[4].

Auf den ersten Blick ist jedes Mädchen zum Verlieben. Auf den zweiten kommt es an[1].

Wenn die Liebe ihren Traum lange genug verteidigt, vermag sie schließlich das Wunder zu vollbringen, daß zwei Menschen dem Bild, welches sie voneinander im Herzen tragen, ähnlich werden[2].

In der Liebe muß man sich entscheiden: entweder Freude oder Freud[4].

Die eine Hälfte der Liebe besteht darin, kostbare Geschenke heranzuschaffen; die andere, sie zum Fenster hinauszuwerfen[13].

Natürlich ist durch Liebe noch niemals einer glücklich geworden. Aber mancher, der aus Liebe geheiratet hat, ist durch die Ehe glücklich geworden[2].

In jedem Kulturvolk gibt es nicht nur die Ehe, sondern auch das Problem der Ehe[4].

Wenn die Männer ihren Verstand beisammen haben, dann beschäftigen sie sich mit ihren eigenen Angelegenheiten und sind unerträgliche Egoisten. Wenn die Männer den Verstand verlieren, dann verlieben sie sich. Wenn dieser Zustand ernst genug ist und lange genug anhält, dann heiraten sie[1].

Ohne Zweifel ist ein verliebter Mann für alle Welt etwas Lächerliches – außer für die Frau, welche er liebt[1].

Für eine Ehe ist ein bescheidenes und erträgliches Laster meistens vorteilhafter als eine hochmütige und unerträgliche Tugend[2].

Das wahre Problem liegt darin, daß die beiden zu verschiedenen Zeiten schlecht gelaunt sind. Gleichzeitig heiter zu sein, ist ein wahres Glück. Und gleichzeitig schlecht gelaunt zu sein, ist entschieden auch noch eine Form der Harmonie[2].

Männer denken gern über das Problem der Ehe nach. Das ist eine hübsche Beschäftigung, deren philosophischer Wert daraus erhellt, daß die Frauen diese Zeit dazu benutzen, Monogramme in die Aussteuer zu sticken[2].

Ein wenig Klugheit ist für eine Ehe unentbehrlich[2].

Fern vom männlichen Verstand, fern von der mathematischen Forschung, fern vom wissenschaftlichen Ruhm spielt sich unter uns täglich tausendmal das unbeschreibliche Wunder jener weiblichen Mathematik ab, mit der noch kein Leibniz jemals sich befaßt hat. Es handelt sich um das mathematische Wunder, mit dem Haushaltsgelde auszukommen[1].

Wenn Frauen sich Kinder wünschen, haben sie noch immer jenen großartigen alten Hochmut, eines Mannes ganzes Leben dafür in Anspruch zu nehmen[2].

Manche haben in der Ehe ein Glück gefunden, von dem sie sich ein Leben lang nicht mehr erholen konnten[14].

Ein Mensch allein im Lärm der Welt ist hoffnungslos verloren angesichts der nicht zu bewältigenden Fülle des Daseins. Zu zweit gehört ihnen die ganze Erde, ein Abenteuer, das erst mit der letzten Lira sein Ende nimmt[1].

Eine Ehe, in der ein Mann sorglos zu jeder Stunde vom Kegeln und eine Frau sorglos zu jeder Stunde aus dem Kino nach Hause kommen können, wie sollte das nicht eine glückliche Ehe werden[2]!

„Habe ich Ihnen diese Geschichte schon erzählt?"

Ein Herr geht durch eine stille Straße eines besseren Londoner Viertels. Am Eingang einer kleinen Villa sieht er, wie ein Mann sich bemüht, ein Pferd in den Hauseingang zu bugsieren. Er bleibt stehen und sieht zu. Nach einer Weile sagt der Mann zu ihm: „Wissen Sie, wenn Sie Zeit haben, könnten Sie mir eigentlich ein bißchen helfen."

„Aber gern!"

Sie bugsieren also zusammen das Pferd die Treppe hinauf. Als sie im ersten Stock angekommen sind, will der Herr sich verabschieden.

„Ach nein", sagt der andere, „entschuldigen Sie vielmals. Das Pferd muß nämlich noch in die Badewanne."

Nach einer weiteren halben Stunde haben die beiden das Pferd in der Badewanne verstaut. Es legt den Kopf auf den Rand und bleckt mit den Zähnen.

Als der Herr sich verabschiedet, fragt er höflichst: ,,Verzeihen Sie, ich möchte nicht indiskret sein, aber können Sie mir, nachdem ich Ihnen jetzt doch beinahe eine Stunde lang geholfen habe, nicht verraten, warum das Pferd in die Badewanne muß?"

,,Ja, gewiß! Ja, gewiß!" sagt der Mann. ,,Ich habe nämlich eine Freundin, die die Gewohnheit hat, immer nur ,Na und?' zu sagen. Schenke ich ihr ein Theaterbillet, sagt sie ,Na und?'. Schenke ich ihr eine Rivierareise, sagt sie ,Na und?'. Schenke ich ihr einen Brillantring, sagt sie ,Na und?'."

,,Schon recht, aber was hat das mit dem Pferd in der Badewanne zu tun?"

,,Nun, sehen Sie, in einer Stunde wird meine Freundin nach Hause kommen. Sie wird ins Badezimmer gehen, um sich die Hände zu waschen. Sie wird zu mir gestürzt kommen: ,Um Himmels willen! In der Badewanne ist ein Pferd!'

Und ich werde sagen ,Na und?'[13]."

Glück und Unglück

Wir wissen alle, was Unglück ist. Wir wollen es gerne vermieden sehen. Was Glück ist, das wissen wir alle miteinander nicht genau[1].

Glücklich zu werden, ist des Menschen Streben hienieden. Sein Unglück ist, daß er nicht weiß, was Glück ist. Es wäre eine Aufgabe der Wissenschaft, herauszufinden, wie des Menschen Glück beschaffen sein müßte, damit er es sowohl erreichen als auch ertragen könnte[2].

Zweifellos ist Unglück als Maßstab für die Beurteilung eines Charakters zuverlässiger als Glück[10].

Sitzen wir nicht alle am fließenden Wasser des Lebens und werfen die Schnur aus mit dem Gedanken an unser Glück? Es angelt der Zigarrenhändler nach dem Raucher, der Poet nach dem Einfall, der Friseur nach dem Kunden, der Arzt nach dem Patienten. Es angelt der Prophet nach dem Gläubigen, der Forscher nach dem Ruhm, der Politiker nach dem Erfolg. Wir alle angeln nach Geld. Und die Frauen alle angeln nach uns. Ohne Zweifel haben sie die längste Geduld und die meiste Hoffnung, und darum auch haben sie den größten Erfolg. Rings schwingen die Angelhaken[2].

Das Glück ihrer jungen Tage ist das Glück ihres Alters. Nur junge Liebespaare und alte Eheleute sind es wert, daß die Welt schön ist[1].

Glück ist eine Eigenschaft. Dieses Wort wurde von Napoleon gebraucht. Heute braucht man es von Boxern. Vom Imperator zum Champion, das ist die Kurve des 19. Jahrhunderts. Das Glück ist auf den Champion gekommen[4].

Glück mit Verzögerung verwandelt sich in Unglück[1].

Die ungeschehenen Dinge sind das wichtigste Element unserer seelischen Ökonomie. Das geschehene Unglück und das geschehene Glück sind morgen schon Vergangenheit. Das ungeschehene Unglück tröstet uns, und das ungeschehene Glück erfüllt uns mit Hoffnung. Denn der Mensch lebt nicht vom Gestern, sondern vom Morgen. Man sollte nicht damit anfangen, das Gestern zu beschreiben, ehe nicht das Morgen vorüber ist[2].

Goldrausch

Der großartigste und unheimlichste Zauber der menschlichen Geschichte ist das Gold[1].

Geld ist ein Etwas, das voller Geheimnisse steckt. Nur der Teufel weiß damit Bescheid[3].

Was der liebe Gott vom Gelde hält, kann man an den Leuten sehen, denen er es gibt[4].

Wenn man arm ist, kann man immer noch reich werden. Aber wenn man reich geworden ist, kann man nur noch reicher werden, das ist langweilig, oder wieder arm werden, das ist noch langweiliger[4].

Der Millionär hat nicht nur Rechte. Er hat auch Pflichten. Man ist verpflichtet, besondere Wünsche zu haben[3].

In einem Land, in dem es die Trostlosigkeit der vollkommenen Armut nicht gibt, ist der Luxus kein soziales Problem, sondern eine heitere Arabeske des Lebens[4].

Wer den Pfennig nicht ehrt, ist des Talers nicht wert. Aber die, die seiner nicht wert sind, haben ihn gewöhnlich[3].

Wer den Pfennig ehrt, ist des Scheines nicht wert[13].

Die Reichen unserer Zeit sind schlecht daran. Von den anderen werden sie beneidet, und selbst wissen sie mit ihrem Reichtum nichts anzufangen[2].

Soweit die Reichen heute noch Luxus treiben, tun sie das nur noch in jenen törichten Gesellschaftsspielen, bei denen sie einander mit nichts als ihrem Reichtum imponieren. Der Schmuck ihrer Frauen ist nicht kostbar, er kostet nur viel Geld. Die Dinners der Reichen sind nicht erlesen, sondern pompös. Die Unterhaltungen der Reichen sind nicht glänzend und voller Geist, sondern teuer[2].

Armut ist großmütiger als Reichtum[12].

Vagabunden sind Aristokraten der Armut[1].

Sehen Sie sich einen Ring, das kleine Stückchen hellen Glanzes, genau an, und verfehlen sie nicht, darüber nachzudenken, daß es noch immer glänzen wird, wenn Sie schon lange, lange ausgeglänzt haben werden[1].

„Habe ich Ihnen diese Geschichte schon erzählt?“

Strindberg findet eines Morgens, während er am Frühstückstisch seiner Frau gegenübersitzt, bei der Post einen Brief, der offenbar die Rechnung einer Modistin enthält. Er reicht ihn seiner Frau, die ihn öffnet, aber nichts weiter dazu sagt.

Schließlich fragt er, ein wenig nervös: „Wieviel ist es denn?“ Wonach sie ihn auffordert, zu raten.

Er rät also: „Hundert Kronen?“

„Nein, doppelt soviel.“

„Also zweihundert?“

„Nein, vierhundert[1]!“

Kultur und Zivilisation

Sowohl Kultur als Zivilisation sind Bemühungen des Menschen, das Risiko des Lebens erträglicher zu gestalten. Die Kultur bemüht sich um das Jenseitige im Menschen. Mit der Zivilisation verlängern wir unser Leben, indem wir es uns sicherer, angenehmer, komfortabler machen[3].

Die Zivilisation bedarf der Kultur, wenn sie leben will. Kultur dagegen kann auf die Zivilisation verzichten[1].

Wenn man Kulturen miteinander vergleichen will, kann man das nur so, wie man eine Rose mit einer Orchidee, eine Nachtigall mit einem Kolibri vergleicht, nämlich als Schöpfung von eigener Vollkommenheit und Schönheit. Dabei wird man mehr Gemeinsamkeiten als Verschiedenheiten entdecken[4].

Junge Kulturen bekümmern sich wie junge Menschen nur um sich selber. Sie haben mit ihren eigenen Nöten genug zu tun. Erst wenn Kulturen alt werden, erreichen sie die Reife, den Blick schweifen zu lassen[4].

Kultur und Zivilisation kamen bislang bei den einzelnen Völkern in sehr ungleicher Verteilung vor. Die alten Reitervölker hatten eine hochentwickelte Kultur, aber meistens nur eine bescheidene Zivilisation. Die modernen Amerikaner sind das zivilisierteste Volk der Welt. Ihre Kultur kämpft zwischen Produktion und Prosperity um ihr Wachstum[4].

Die vorübergehende Eroberung einer Kultur verändert ihre Oberfläche. Den Grundcharakter der besiegten Gesittung zu verwandeln vermag sie nicht[8].

Eine fremde Kultur kennenzulernen, dazu gehört Hochachtung, Bescheidenheit, Unvoreingenommenheit und viel Fleiß[4].

Die Kultur hat wieder ein Loch bekommen. Aber das fällt nicht mehr auf. Sie ist schon ein Sieb[3].

Das Ende der Götter ist die Dämmerung in den Museen unserer Zivilisation[4].

Das einzige, was über die Jahrhunderte hinweg in der Wertschätzung der Menschheit beständig bleibt, sind die großen Werke der Kunst. Auf eine Weise, der der Mensch sich nicht einmal bewußt ist, ehrt er sich selbst in den Werken der Künstler, sogar da noch, wo er sie raubt[3].

Wer die moderne Kunst miterlebte, hatte nicht nur das Gefühl, zu einer kleinen Elite zu gehören, die sich eine Zeichnung von Klee für fünfzig Mark kaufte, er hatte auch noch den Vorteil, daß sich ihm ein Blick in die Zukunft öffnete. Es war eine Zukunft der Katastrophen[12].

Bildung ist eine Sache, welche erworben wird. Aber gebildet werden zu wollen ist ebensowenig ein Ziel, wie es ein Ziel ist, weise werden zu wollen. Die Absicht schon gäbe dem Start eine falsche Richtung. Bildung ist ein Ergebnis[2].

Das Merkwürdige an der Bildung ist, daß sie als eine Prestigefrage gilt. Dabei ist „Sie ungebildeter Mensch!" ebenso eine Beleidigung wie „Und das will ein gebildeter Mensch sein[2]!"

Bildung ist durch nichts eindrucksvoller ergänzt als durch Einbildung[4].

Die Sehenswürdigkeiten gehören zu den härtesten Pflichten, die die Kultur dem europäischen Reisenden auferlegt[1].

Als Gilbert Keith Chesterton, der der Schärfe seiner Zunge wegen ebenso bewunderte wie gefürchtete englische Schriftsteller, zum erstenmal in New York war, führten seine Freunde ihn auf den nächtlichen

Broadway, damit er das phantastische Phänomen der Lichtreklamen geziemend zu bestaunen Gelegenheit habe. Chesterton sah sich das berühmte Schauspiel eine Weile an. Dann sagte er: „Wie schön wäre das, wenn man Analphabet wäre[2]!"

Das 19. Jahrhundert hat die technische Zivilisation in wenigen Generationen über die ganze Erde verbreitet. Tatsächlich gibt es jetzt so etwas wie eine technisch zivilisierte Menschheit. Dem Traum des Abendlandes im Zeichen des Kreuzes folgte ein erstauntes Erwachen im Zeichen der Antenne[4].

Die Verteidiger der Zivilisation waren überzeugt, daß das Idol des Fortschritts zur Vollkommenheit führen müsse. Da sie nicht mehr fromm genug waren, die Vollkommenheit Gott zu überlassen, hätten sie mißtrauisch gegen ihre eigene Vollkommenheit sein müssen. Aber sie waren weder das eine noch das andere[6].

Man bestand darauf, daß der Fortschritt dem Glück der Menschheit diene. Dabei war doch gerade das menschliche Glück das, was von der Zivilisation am sichersten zerstört wurde[6].

Die eigentümliche Vorliebe für Schnelligkeit, dieses Merkmal des modernen Menschen, zeigt die ganze Lächerlichkeit seines Prinzips in der Auswahl der Möglichkeiten. Schnelligkeit, ihrer Natur nach ja doch nur ein Mittel zu irgend etwas, wird zu einer Sache, die sich nur noch mit dem sinnlosen Begriff Selbstzweck begründen kann[6].

Mit dem, was der Mensch erfindet, verwandelt er die Welt. Dabei ist er ziemlich schnell von den Feuersteinkeilen zur Stratosphärenrakete vorgedrungen. Das Entzücken hat dabei langsam nachgelassen[2].

Die Langeweile ist die Protoplasmakrankheit der Zivilisation[4].

Das physikalische Experiment befähigte den Menschen, der Natur einige ihrer Geheimnisse zu entreißen, einige ihrer Gesetze für seine eigenen Zwecke zu benutzen. Aus dieser Quelle ist die glanzvolle technische Zivilisation unserer Zeit entstanden, jener reißende Strom, in dem wir alle elend zu ertrinken drohen[4].

Über den Fortschritt der Technik

Die Veränderung seit dem Ausgang des Mittelalters stellt sich dem modernen Menschen als der Fortschritt der technischen Zivilisation dar. An ihm wird die Veränderung gemessen. Es wird dabei gewöhnlich vergessen, daß die Technik ein Ergebnis und keine Ursache ist[6].

Schon der Hammer konnte ebensogut dazu benutzt werden, Eisen zu schmieden, wie dazu, einen Schädel einzuschlagen. Die Moral steckt nicht in dem Hammer, sondern in dem Menschen, der ihn führt[5].

Jeder technische Gegenstand, der fertig ist, beginnt am Tage seiner Vollendung unmodern zu werden[3].

Der Verfall der Gesellschaft gehört zu den Folgen der Entwicklung der modernen Technik[5].

Die alte Erinnerung, wie treu das Roß dem Menschen durch Jahrtausende gedient hat, ist in der Abkürzung „PS“ bewahrt geblieben. Das Vornehmste, was es ehedem gab, war, Sechse lang zu fahren. Heutzutage rollt schon der Gemüsewagen Zwölfe lang durch die Straßen. Merkwürdigerweise hat die Verdoppelung der Pferdestärken keine Verdoppelung der Vornehmheit mit sich gebracht[2].

Wie der Drang nach Wahrheit, die Forschung, die Tugend der Naturwissenschaft ist, ist der Drang nach Macht, die Technik, ihr Laster[6].

Die Technik ist das Kind eines wilden Zufalls, eines Konkubinats von Naturwissenschaft und Wirtschaft[6].

Die fortschreitende Herrschaft des Menschen über die Natur förderte immer weiter den Irrtum, daß die Welt der Technik die einzig mögliche Welt sei. Erst nachdem die Zerstörung dieser Welt durch ihre eigenen Mittel eine unmittelbare Gefahr für den Menschen geworden ist, wird klar, daß an diesen Fortschritten etwas nicht stimmt[6].

Orient und Okzident

Die Begegnung zwischen Ost und West, zwischen Orient und Okzident, ist ein altes Thema der Geschichte. Der Schauplatz dieser Begegnung ist das Mittelmeer. Es ist die Wiege unserer Welt. Was uns an dieser Wiege gesungen wurde, sind die Psalmen Davids und die Hymnen Homers. Kennte ein späteres Aeon von uns nichts weiter als diese beiden Poesien, wäre es immer noch möglich, eine Idee davon zu haben, was für Menschen wir gewesen[5].

Hellas ist älter als Homer. Aber erst Homer, indem er mit seinem Epos vom Trojanischen Krieg das untergegangene Heldenzeitalter, das wir das Mykenische nennen, vor dem Vergessen bewahrte, gab den Griechen das Gefühl ihrer Zusammengehörigkeit, das Bewußtsein der Kontinuität ihrer Geschichte[10].

Wir sind so weit auf den antiken Hund gekommen, daß wir uns überhaupt kein Bild mehr von Hellas machen[4].

Wenn alles wegfiele, was wir den Griechen verdanken, gäbe es Europa nicht[8].

Am Anfang Europas steht ein Lied[10].

Das hellenische Genie besaß die Kraft, geschichtliche Tatsachen im Feuer der Poesie zu großen mythologischen Symbolen umzuschmelzen[5].

Zum erstenmal landeten Menschen in einem Raumschiff auf dem Mond. Das Raumschiff trug den Namen Apollo II. Noch immer war es ein griechischer Gott, dessen Charisma schwerelos die Weltraumfahrer begleitete[12].

Niemand hat für die Griechen, die von den Makedonen verachtet wurden, mehr getan als die Makedonen, die von den Griechen verachtet wurden[11].

Von einem über vierzehn Tage sich erstreckenden Marsch durch das Hochgebirge wird eine hübsche Anekdote erzählt. Alexander saß nach einem beschwerlichen Tag an einem Feuerchen auf einem kleinen Sessel, den ein braves Eselchen den Berg heraufgeschleppt hatte. Die Truppe litt unter Hunger, der grellen Sonne auf den leuchtenden Schneefeldern und der scharfen nächtlichen Kälte. Während Alexander am Feuer saß und sich die Hände wärmte, sah er einen seiner alten Korporäle, der schon am Granikos dabeigewesen war, halb schneeblind auf das Feuer zuwanken. Der König erhob sich und nötigte den Alten, auf dem Sessel Platz zu nehmen. Als der Soldat allmählich auftaute, erkannte er plötzlich den König, der neben ihm im Schnee hockte. Er erschrak und sprang auf. Aber Alexander sagte nur lächelnd: „Wäre es der Sessel des Perserkönigs, auf dem Du sitzt, es hätte Dir den Tod gebracht. Aber da es Alexanders Sessel ist, wirst Du dem Leben zurückgegeben[11]."

Nichts ist dem Verständnis zwischen Ost und West abträglicher gewesen als Reisebeschreibungen von Leuten, die zwar alles mit eigenen Augen, aber auch mit der eigenen Brille gesehen hatten. Es sind dieselben Leute, die das Schlagwort vom erwachenden Asien erfunden haben, als ob Asien jemals geschlafen hätte und nicht seit Jahrtausenden von einer großartigen, unerschöpflichen und bewundernswerten Lebendigkeit gewesen wäre. Es sind jene flachen Köpfe, die ihre mitgebrachten blankgeputzten Rechenschieber munter und unbekümmert auch da verwenden, wo alle Strukturen von Grund auf andere sind[4].

Es ist eine Ironie der Geschichte, daß jedesmal, wenn der Westen den Osten eroberte, der Besiegte der Stärkere blieb[5].

Alle Darstellungen des Begründers der Weltreligion des Buddhismus gehen auf die Griechen zurück[11].

In Indochina hat man in einem Grab neben römischen Münzen chinesische gefunden. Daß damals ein

Geldstück, mit dem man in Rom bezahlen konnte, auch in Siam gern genommen wurde, sollte uns nachdenklich stimmen[12].

Von meinen Chinesen hatte ich gelernt, welch wichtige Sache es sei, sein Gesicht nicht zu verlieren[12].

Der Chinese lächelt. Sein Lächeln ist älter als Moskau und Washington zusammen[8].

Der Europäer ist ein Wesen von so kümmerlicher Struktur, daß er sich nicht einmal was schenken lassen kann, ohne alsbald ein Äquivalent zu retournieren. Das nennt man „sich revanchieren". Das Wort kommt von „la revanche – die Rache[14]".

In Asien kann man sich verlieren. In Asien kann man untertauchen, verschwinden, sich auflösen, ertrinken. In Asien kann man sogar den Frieden der Seele finden, wenn man darauf verzichtet, ein Mensch des Westens bleiben zu wollen. Die schwerste Aufgabe, die Asien stellt, ist die, sich zu bewahren[10].

Es waren die Piraten, deren gewissenlose Räubereien den Chinesen die christliche Frömmigkeit allmählich immer unglaubwürdiger erscheinen ließen. Hätte China den maritimen Eindringlingen aus dem Westen auf der Basis gleicher Flottenstärke entgegentreten können, vielleicht wäre es dann nicht nur zu

Chinoiserien in Europa, sondern zu einem echten Austausch geistiger, wissenschaftlicher und auch religiöser Errungenschaften zwischen den beiden Kulturkreisen gekommen, und ein chinesischer Leibniz hätte über uns etwas ebenso respektvoll Liebenswürdiges gesagt wie der sächsische Leibniz über China. Er meinte, daß, wolle man die kulturellen Leistungen der Völker der Erde miteinander vergleichen, man den Goldenen Apfel wohl den Chinesen reichen müsse.

So gescheit war Europa noch im 17. Jahrhundert[12]!

Europa ist nicht eine Touristengemeinschaft frei transferierbarer Devisen und nicht ein Eisenbahnnetz für internationale Schlafwagen, in denen man seinen Paß nicht mehr vorzuzeigen braucht.

Europa ist nicht die Internationale der Wissenschaft. Es ist auch nicht ein prosperierender Wirtschaftsraum, in dem jedermann gute Geschäfte macht. Es kommt auf etwas ganz anderes an. Europa – das ist die Idee der Humanität verbunden mit der Macht[5].

Offenbar muß Europa immer erst in den Zustand äußerster Gefahr geraten, ehe es sich entschließt, das zu tun, was notwendig ist, um am Leben zu bleiben[8].

„Habe ich Ihnen diese Geschichte schon erzählt?“

Einmal fuhr ich mit einem syrischen Chauffeur eine Landstraße entlang. Er war ein ausgezeichneter Fahrer. Die tadellos asphaltierte Straße lief in einem weiten Tal glatt und übersichtlich zwischen Bäumen entlang auf einen in der Ferne sichtbaren Gebirgszug zu. Nichts kam uns entgegen. Gleichwohl ließ der Syrer alle paar hundert Meter die Hupe ertönen. Schließlich fragte ich ihn, warum er das tue. „Ach“, meinte er, „wissen Sie, ich bin dreißig Jahre meines Lebens Eseltreiber gewesen, und wenn man den Esel nicht von Zeit zu Zeit durch einen Zuruf ermuntert, bleibt er stehen[9]!“

Von Anno dazumal bis heute

Das Bild vom „Dunkel der Vorzeit" ist eine jener Metaphern der Aufklärung, deren hochmütige Verkehrtheit eine Menge falscher Vorstellungen zur Folge gehabt hat. Als ob die Vorzeit sich in einer undurchsichtigen Dämmerung abgespielt und erst die Wissenschaft ihr etwas Helle gebracht habe! Als ob die Frühgeschichte der Menschheit nicht der Welt angehörte, in welcher aus Abend und Morgen der erste Tag ward! Dem Licht der Schöpfung hat der Mensch der Vorzeit nähergestanden als wir[8].

Alte Steine erzählen alte Geschichten[8]!

Die Überlieferungen werden nur noch in staubigen alten Büchern in einsamen Bibliotheken aufbewahrt. Die Tatsachen, von denen diese Überlieferungen berichten, haben die Welt geschaffen, in der wir leben[8].

Das historische Urteil ist dem Dilemma ausgeliefert, daß es gefällt wird über Handlungen, deren Folgen dem Historiker bekannt sind, nicht aber denen bekannt waren, die handeln mußten[12].

Das Ägypten der Pharaonen rechnete in Millennien. Römer haben Jahrhunderte lang am Nil geherrscht, England nur wenige Dezennien[12].

Mit dem verlorenen Paradies hat die Weltgeschichte angefangen. Mit der Spaltung des Atoms ist sie bei der Möglichkeit ihres Endes angekommen[9].

Die Geschichte lehrt, daß der Mensch Prunk und Schönheit der Herrschaft über die Welt mit Strömen von Blut bezahlen muß[9].

Ein so umfassendes Phänomen wie der Krieg macht auch Tugenden mobil. Wenn eine Handvoll anständiger Männer in einen Krieg hineingerät, läßt ihnen ihr Charakter keine andere Möglichkeit als die der Kameradschaft. Aber wie grotesk ist eine Argumentation, die damit, daß im Krieg nicht alles schändlich ist, den Krieg verteidigen will[7].

Es war eine Frau, die einmal beim Anblick ihres zerstörten Hauses sagte: „Wie merkwürdig, daß diese Ruine schon immer in diesem Hause drin war[12]."

Machthaber auf der Welt wissen seit eh und je, daß Waffen niemals so gefährlich sind wie Gedanken. Eine Waffe mag noch so gut sein, man kann immer eine bessere finden. Ein Gedanke ist zuweilen so gut, daß es keinen besseren gibt[4].

Seit Sokrates haben die Intellektuellen aller Zeiten die Namen, welche die Macht ihren Verbrechen gibt, als Lügen entlarvt. Darum sind sie bei den Mächtigen seit eh und je ebenso gefürchtet wie verhaßt[11].

Vor den Särgen der Könige sagt sich die Wahrheit leichter als vor ihren Thronen[11].

Große Städte entstehen aus einem Zusammentreffen historischer, politischer, geographischer und wirtschaftlicher Voraussetzungen. Doch hat der Mensch selten der poetischen Versuchung widerstehen können, die Gründung einer Stadt einem einzelnen Menschen zuzuschreiben, der entweder ein Genie des Weitblicks war oder im Auftrag der Götter gehandelt hat[9].

Es gibt nur eine Stadt auf Erden, welche Athen, Rom und Konstantinopel an Alter und Bedeutung übertrifft. Der Name dieser Stadt erscheint als Urusalim, „Stadt des Friedens", zum erstenmal im 14. Jahrhundert vor Christi Geburt in den Archiven der Pharaonen. Seitdem ist ihre Überlieferung niemals mehr unterbrochen gewesen. Drei Weltreligionen ist diese Stadt heilig. Sie ist die einzige Stadt auf Erden, von der Menschen glauben, daß sie das Abbild einer himmlischen Stadt sei. Älter als Athen, heiliger als Rom, lebendiger als Konstantinopel ist Jerusalem[9].

Für eine Reise in die Vergangenheit des Abendlandes ist die Bibel als Quelle unersetzlich[9].

Die Geschichte wird ebensosehr von Königen wie von Ammen gemacht[3].

Wer weiß, was diese begabten Germanen für ein bezauberndes Volk geworden wären, hätten sie die mediterrane Zivilisation so frühzeitig kennengelernt wie ihre keltischen Nachbarn jenseits des Rheins[10].

Mit dem Fin de siècle begann der Untergang zweier Weltherrschaften. Die eine war die des europäischen Imperialismus, die andere die der klassischen Physik. Der europäische Imperialismus, diese eigentümliche Spätblüte des christlichen Abendlandes, führte in seiner letzten Konsequenz zur Zerstörung der weltpolitischen Positionen Europas. Das Ende der klassischen Physik war der Anfang einer Verwandlung der Welt, deren Dimensionen nicht einmal von denen überblickt wurden, die mit ihren Forschungen die Verwandlung in Gang setzten[12].

Das Jahr 1900 ist dem Jahre 1500 historisch verwandt durch eine Häufung von Ereignissen, die Vergangenheit beenden und Zukunft in Gang setzen. Was um 1500 in Gang gesetzt wurde, hatte um 1900 seine Bestimmung erfüllt. Was um 1900 in Gang gesetzt wurde, ist unsere Zukunft[5].

Das Selbstbestimmungsrecht der Völker, das in der Zwischenkriegszeit eine so große Rolle spielte, mußte als Mittel der Politik wirkungslos bleiben, weil es sich um nicht viel mehr handelte als um das schlechte Gewissen, das der Nationalismus gegenüber der Humanität hatte. Die Idee der Nation, bis zu ihren äußersten Möglichkeiten durchgepeitscht, hat so fürchterliche Opfer gekostet, daß von ihr für die Zukunft nichts mehr zu erwarten ist. Sie ist, was der Tod jeder Idee ist – langweilig[5].

Wenn wir in der Zeit an dieselbe Stelle zurückkehren wollen, müssen wir entsetzlich teuer dafür bezahlen. Die Rückfahrkarte der Zeit ist am Schalter der Selbsterkenntnis zu lösen. Der Preis ist in Reue zu entrichten[2].

Wenn Namen nur Schall und Rauch wären, gäbe es keine Geschichte. Die Namen sind die Pfeiler der Brücke, auf der die menschliche Erinnerung in die Vergangenheit zurückschreitet[3].

Wir sind die Zeitgenossen der Auseinandersetzung zwischen einer Atomphysik, deren Theorie aus der Antike stammt, und einem metaphysischen Begriffsschema, das seine Wurzeln in der Scholastik hat[5].

Es ist fast der einzige Trost, den das Studium der Weltgeschichte bietet, daß es Ereignisse gibt, die sich jeder Voraussetzung durch menschliche Intelligenz entziehen[12].

Das politische Kind unterscheidet sich von anderen Kindern dadurch, daß es, zwanzigmal gebrannt, das Feuer nicht scheut. Es liebt den Mut zur Dummheit[2].

Ehre und Glück der Völker sind das Ziel des gewaltigen Aufwands der Politik. Freilich, wenn man genauer hinsieht, möchte es scheinen, als ob der Export und die Kanonen die Ehre und der Import und die Butter das Glück der Völker seien[2].

In der Politik ist vornehme Gesinnung kaum je eine gängige Währung gewesen[8].

Lügen sind Langstreckenläufer der Geschichte. Wenn sie alt und grau geworden sind, werden sie zu Legenden[14].

Es war ein guter Brauch in alten Zeiten, daß neben den Thronen der Könige die Narren hockten. Die Heruntergekommenheit unseres gloriosen Jahrhunderts kann man an nichts so deutlich sehen wie daran, daß die Narren aus unserer Zeit verschwunden sind[1].

Der Mythos vom unbekannten Soldaten ist der europäische Mythos des Ersten Weltkrieges. Der Zweite Weltkrieg hat keinen europäischen Mythos hervorgebracht. Vielleicht wird er Europa hervorbringen[7].

„Habe ich Ihnen diese Geschichte schon erzählt?"

Bei einer Einladung lernte ich einen Club der Kavalleristen Seiner Majestät kennen. An den Wänden hingen viele herrliche überlebensgroße Portraits von berühmten und unberühmten Generalen in Paradeuniform, geschmückt mit allen Orden. Die Berühmten hatten berühmte Schlachten in Europa oder in China gewonnen. Die Unberühmten hatten unberühmte Schlachten in Afghanistan oder im Sudan verloren. Einer der alten Colonels dieses Clubs hatte die Gewohnheit, sich nach dem Lunch, mit einer „Times" bewaffnet, in die geheiligte Ruhe des Lesesaals zurückzuziehen. Nach einer Viertelstunde in dem bequemen Sessel legte er die Zeitung über sich, ein friedliches kleines Schläfchen abzuhalten. Es war natürlich ein Gesetz, daß der Schläfer nicht gestört werden dürfe. Eines Tages tippte ein anderer alter Colonel dem Clubdiener auf die Schulter, wies auf den unter seiner Zeitung scheinbar friedlich Schlafenden und sagte: „Die Times ist von gestern[12]!"

Glaube und Wissen

Ein Haufen Heu unter trockenen Dachsparren in glühender Sonne – das gibt noch keinen Brand. Der Brand entsteht durch einen Funken. Der Funke, der die antike Welt in Brand gesteckt hat, war das Ärgernis des Evangeliums[9]!

Nun ist es sicher, daß es wichtiger ist, was einer aus der Bibel weiß, als was er über sie weiß[5].

Noch immer lebt das alte Vorurteil, religiöse Wahrheiten müßten, um anerkannt zu werden, naturwissenschaftlich bewiesen sein[5].

Das Experiment ist seiner Natur nach unchristlich[6].

Es gibt genug Leute, die über den Glauben des Mittelalters lächeln. Es sind gewöhnlich diejenigen, die an die alleinseligmachende Wirkung des Exports viel fanatischer glauben, als das Mittelalter jemals an das Kreuz geglaubt hat[1].

Es hat nahezu hundert Jahre gedauert, bis gezeigt werden konnte, daß die Theorie Darwins die überlieferte Geschichte der Schöpfung nicht zu ersetzen vermag[5].

Die Evolutionstheorie ist nichts weiter als das schlechte Gewissen der Christenheit[13].

Es zeigt sich, daß die Gärten der Frömmigkeit keine Schrebergärten sind, sondern unter der Obhut der Engel stehende gerettete Paradiese[6].

Die Kirchtürme sind auf rätselhafte Weise gewachsen. Sie sind mit der Erde verbunden und mit dem Himmel. Sie machen aus einer kalten Natur eine vom Menschen bewohnte Landschaft. In der Tat, wenn es der Mensch ist, der den Dingen ihren Sinn gibt, so ist es der Glaube, der dem Menschen seinen Sinn gibt[1].

Wer um das tägliche Brot kämpfen muß, hat keine Zeit, an das Brot für übermorgen zu denken. Seit beinahe zweitausend Jahren betet die Christenheit um nicht mehr als „Unser täglich Brot gib uns heute . . .[12]"

Als die Menschen sich auf den Weg der Forschung machten, vergaßen sie, daß das Wissen sowohl Gottes wie des Teufels ist, daß Luzifer zwar ein Engel, aber ein gefallener Engel ist[6].

Es wäre leicht möglich gewesen, daß der Mensch sich der naturwissenschaftlichen Forschung hätte widmen können, ohne dabei Schaden zu nehmen. Da aber die naturwissenschaftliche Forschung sich niemals darum bekümmert hat, was mit ihren Resultaten geschieht, geriet die Macht über die Natur in die Hand desjenigen, der das Fehlen der moralischen Möglichkeiten nicht empfand, weil er selbst ein amoralisches Wesen ist. Dieses Wesen ist der technische Mensch. Er hat die Erde erobert, und dabei ist die Welt zum Teufel gegangen[4].

Die naturwissenschaftliche Forschung hat sich bei ihrem Beginn kein Ziel gesetzt. Die Anarchie, zu der sie geführt hat, muß von Anfang an in ihr dringesteckt haben[5].

Im Grunde ist der erste Mensch, der einen zentnerschweren Stein mit einem Baumstamm aus seiner Lage hebelte, schon ein durchaus wissenschaftlicher Kopf gewesen[6].

Das Experiment stellt die Natur. Es zwingt sie zu Aussagen. Es entreißt ihr die Geheimnisse. Aber eben auch – es entreißt den Menschen seinem natürlichen Zusammenhang. Diese grundsätzliche Verschiedenheit ist nirgends klarer zum Ausdruck gekommen als in dem Streit zwischen Newton und Goethe. Wohl ist Newton das Genie der Physik. Aber Goethe ist das Genie der Humanitas[6].

Die entscheidende Schwierigkeit der modernen Naturwissenschaft liegt darin, daß sie an den Grenzen der physikalischen Realität angekommen ist, ja, diese an vielen Stellen bereits überschritten hat. Unversehens sind den Physikern und Biologen metaphysische Probleme sozusagen zwischen die Finger geraten. Sie behandeln schon lange nicht mehr allein Probleme der Natur. Sie sehen sich den Problemen der Schöpfung gegenüber[6].

Immer einseitiger machte der Mensch die Naturwissenschaft zu seinem Lebensbereich. Je mehr er dabei seine Herrschaft über die Natur ausdehnte, um so mehr verlor er die Herrschaft über sich selbst[6].

Die Herrschaft des Menschen über die Natur reicht vom Wunder bis zum Experiment, von der vollkommenen Ergriffenheit des Herzens bis zur vollkommenen Kälte des Verstandes, von der Stunde in Assisi, da der heilige Franziskus den Vögeln predigte, bis zu dem Bruchteil jener Sekunde in Bikini, da eine Million der Geschöpfe Gottes im Meer zerrissen wurde[6].

Fortschritte der Naturwissenschaft können uns vorläufig nichts mehr nutzen. Die vordringliche Aufgabe des 20. Jahrhunderts liegt an anderer Stelle. Sie ist moralischer Natur. Die Naturwissenschaft hat nichts, was sie zur Lösung dieser Aufgabe beisteuern könnte. Aber die Menschen lieben es, das anzubeten, was sie ins Verderben stürzt[4].

Da die naturwissenschaftlichen Erkenntnisse selbst keinen moralischen Charakter haben, war von vornherein nicht zu erwarten, daß ihre praktische Auswertung unversehens einen solchen bekommen werde[5].

Das allgemeine Bewußtsein hinkt immer hinter den Einsichten der Wissenschaft her, gewöhnlich etwa im Abstand einer Generation[4].

Der Materialismus beruht darauf, daß er die Realität der klassischen Physik für die einzige Realität hält und ihre Gesetze für allgemeingültig[5].

Seit hundert Jahren ist die Wissenschaft das Idol des modernen Menschen. Sie hat ihm das leichtgemacht. Ein überzeugendes System rationaler Argumente erspart ihm die Anstrengung, glauben zu müssen[5].

Physikalische Experimente waren es, welche von der Mitte des 16. Jahrhunderts an dazu führten, daß Zweifel an der umfassenden Gültigkeit der Offenbarung entstanden. Physikalische Experimente sind es, welche vierhundert Jahre später dazu führen, daß Zweifel an der umfassenden Gültigkeit der Naturwissenschaft entstehen[6].

Das jeweils vorliegende System von Deutungen ist das, was man „den Stand der Wissenschaft" nennt[5].

Es ist ein Merkmal des westlichen Geistes, daß er Ideen mit unerbittlicher Konsequenz bis zu ihren äußersten Möglichkeiten durchspielt. Die Religion ging bis zu den Scheiterhaufen der Inquisition. Die Aufklärung endete mit der Entgöttlichung der Welt. Die Wissenschaft hat die Entwicklung bis zu dem Punkt vorangetrieben, an welchem die Technik die Gewalt über den Menschen errungen hat[5].

Man bewundert die eminenten Anstrengungen des menschlichen Geistes, zu beweisen, was geglaubt wird. Freilich, es ist immer noch leichter, zu beweisen, was geglaubt wird, als zu glauben, was bewiesen wird[3].

Am Ende des Zeitalters der Aufklärung findet man in jeder Illustrierten auf der vorletzten Seite ein Wochenhoroskop. Während es vor fünfzig Jahren modern war, an das Wunder der Wissenschaft zu glauben, ist es unterdessen modern geworden, an die Wissenschaft des Wunders zu glauben[4].

Die Chinesen hatten die beste Küche der Welt. So war nicht nur ihr Geschmack hervorragend, auch ihre Philosophen verstanden sich darauf, die Weisheit so zuzubereiten, daß jedermann Hunger darauf bekam und jedermann davon zehren konnte. Die Weisheit unserer Philosophen ist ein so zäher Braten, daß nur der ihn in die Zähne nehmen kann, der das logische Gebiß eines Wolfes hat[2].

Die ganze abendländische Philosophie leidet an der eigentümlichen Arroganz, daß sie sich zu gut dafür ist, sich mit gewöhnlichen Dingen zu beschäftigen. Die Philosophen sind offenbar besorgt, ihre Würde zu verlieren, während es doch gerade ihre Aufgabe ist, den gewöhnlichen Dingen Würde zu geben[2].

Bis in unsere Tage hinein hat es gedauert, ehe man zu begreifen begann, daß die Ratio den Mythos nicht zu ersetzen vermag, am wenigsten dann, wenn man, wie es im Zeitalter der Aufklärung geschah, aus der Ratio selbst einen Mythos machte[8].

Die Philosophen sind, bis auf wenige goldene Ausnahmen, nicht die Lehrer der Weisheit. Sie sind die Fachleute des Denkens[2].

Dialektik dient nicht dazu, die Richtigkeit von Zielen zu beweisen, die man erreichen will, sondern die Nichtigkeit von Zielen, die man nicht erreicht hat[3].

Die alten Bräuche sind voll tiefer Weisheit. Wenn die Menschen die alten Bräuche aufgeben, so spricht das nicht gegen die Weisheit, die in den alten Bräuchen, sondern für die Dummheit, die in den Menschen steckt[1].

Die Schlauheit des Fuchses wird nicht deshalb zur Weisheit, weil der Fuchs alt geworden ist[8].

Die Weisheit ist ein hochgeschätztes Gut. Die meisten Menschen legen denn auch ihr Leben so an, daß sie zum Schluß weise genug sind, einzusehen, daß alles richtig gewesen wäre, wenn sie alles anders gemacht hätten[2].

Die Weisheit des Laotse vermag es, auch über die größten Erfolge im Leben hinwegzutrösten[3].

Ein Leuchtturm ist wie ein großer Weiser. Er verbreitet Licht nach allen Seiten. Ein jeder kann seinen Kurs nach ihm richten. Aber wer der Weisheit zu nahe kommt, dessen Schiffchen zerschellt[1].

Jugend und Alter

Irgendwann müssen wir uns entschließen, alt werden zu wollen. Ob wir das nun mit dreißig oder mit fünfzig tun, ändert nichts daran, daß es eine Aufgabe ist, die ebenso viele Möglichkeiten von Siegen und Niederlagen enthält wie die Aufgabe, jung zu sein. Nur sind die Niederlagen, die ein alter Esel erleidet, blamabler als die eines jungen. Siege von Jubilaren sind weniger jubilant als Siege von Jünglingen, denen die Götter wohlgefällig sind[3].

In der Umwelt des Kindes sind die Erzieher eine Art von mächtigen Göttern. Ununterbrochen greifen sie in das Leben des Kindes ein. Was die Wirkung anbelangt, die diese Eingriffe für das menschliche Glück zur Folge haben, sind im allgemeinen die Erzieher dabei glücklicher als die Kinder[4].

Die Erwachsenen, die mächtigen Götter, wissen, daß das Kind einmal erwachsen sein wird, wovon das Kind in seiner magischen Umwelt keinerlei Vorstellung hat. Es kennt den Begriff der Entwicklung nicht. Es lebt ohne Absicht in seiner Gegenwart. Der Wunsch des Kindes, „größer zu werden“, entspringt nur seiner listigen Vermutung, daß es davon Vorteile haben werde. Indem wir dem Kind Hoffnung auf eine bessere Zukunft machen, berauben wir es des Glücks seiner Gegenwart[4].

Unzweifelhaft ist ein Kind in der Wiege ziemlich glücklich. Es darf nicht nur alles tun, was es will, sondern auch alles, was es will, ist ihm bekömmlich. In der Wiege lebt der Mensch noch nach seinen Instinkten. Leider ist er sich dieses Glückes nicht bewußt[4].

Der Irrtum der Erzieher ist, zu glauben, die Erziehung, von der sie wissen, daß sie im Hinblick auf die Zukunft des Kindes einen Sinn hat, habe diesen auch für die Gegenwart des Kindes[4].

Die Umwelt des Erwachsenen hat gegenüber der Umwelt des Kindes nur die Eigenschaft, daß sie ihr zeitlich folgt. Aus der zeitlichen Folge kann man keinen Wert ableiten[4].

Flegel ist die heroische Attitude des Knaben[3].

Fröhliche Flegel, wenn sie vom Leben gründlich geschunden werden, sind die Zukunft der Nation[3].

Das Sammeln ist die früheste Leidenschaft des Knaben und die letzte Freude des alten Mannes. Wenn die Männer alle Dinge des Lebens mit soviel Sachkenntnis, Aufopferung und Begeisterung betrieben wie das Sammeln, würde sich die Welt vermutlich bedeutend angenehmer präsentieren, als sie es derzeit tut[1].

Wenn ein Knabe sechzehn geworden ist, beginnt er, die Biographien großer Männer zu lesen, um ihnen ähnlich zu werden. Wenn er sechzig geworden ist, liest er die Biographien großer Männer, um festzustellen, daß sie ihm ähnlich sind. Der Knabe begeistert sich an der Vollkommenheit der großen Männer. Der alte Mann ist entzückt von ihren Unvollkommenheiten[2].

Beim Lesen des 10. Kapitels des Buches Hiob wurde mir klar, daß eines Menschen Zeit länger währt als eines Mannes Jahre. Wenn man die Mitte des Lebens überschritten hat, ist man gerade gescheit genug, im Kalkül der eigenen Zukunft diese Nuance zu beachten[12].

Wenn man jung ist, neigt man zu einer Großmut, von der man im Alter einsieht, wie wenig sie der Welt bedeutet[12].

Gottes Mühlen mahlen um so langsamer, je länger man lebt[12].

Das Geheimnis von Leben und Tod

Wozu wir auf der Welt da sind, ist eine Frage, die über die Zuständigkeit eines Chronisten weit hinausgeht. Es gibt als Antwort auf diese Frage ein paar klassische Konzeptionen, aber zwischen Konfuzius, Seneca und Nietzsche blühen ganze Blumenfelder privater Lösungen[4].

Seien wir glücklich, daß der Mensch zur Weisheit des Daseins so wenig Talent hat! Wie er die Torheit der Existenz durchsteht, ist schon bewundernswert genug[2].

Das Leben ist, wie jedermann weiß, von notwendigen wie überflüssigen Dingen in gleicher Weise erfüllt[2].

Die Schule des Lebens ist keine reine Freude, aber das Leben in der Schule war es auch nicht[3].

Wahrscheinlich trifft man im Leben nur auf das, auf was zu treffen man bereit ist[2].

Auf dem Bedürfnis des Menschen, dem Leben einen Sinn zu geben, beruht alle Kultur der Geschichte[5].

Die meisten Hoffnungen auf die Zukunft sind in der Vergangenheit zu finden[12].

Es gibt zwei Methoden, das Leben kennenzulernen. Man läuft ihm überallhin nach. Das tun die Forscher. Man bleibt an einem Punkte sitzen und wartet, bis es vorbeigekommen ist. Das tun die Philosophen[1].

An den Frühstückstisch treten heißt, ein neues Leben beginnen[3].

Was das Leben ausmacht, sind nicht die Ziele, sondern die Wege zum Ziel[3].

Sein Leben lang wartet der Mensch – auf seine Frau, auf sein Glück, auf eine Genehmigung, auf den Tod[4].

Es ist grausam, mit dem Tode zu spielen. Es ist kühn, mit dem Leben zu spielen[1].

Ein jeder hat einen Letzten Willen[3].

Es ist ein feiner Trick der Natur, daß man nach seinem Tode nicht mehr am Leben ist[1].

Wer den Tod nicht fürchtet, ist mächtig in einer Welt der Angst. Die Furchtlosigkeit ist der Lohn der Wahrheit. Ihr Preis ist der Tod[9].

Von einem Räuber, der wegen vieler Untaten zum Tode verurteilt war, wird berichtet, daß er, als der Staatsanwalt ihm mitteilte, die Hinrichtung werde am Montagmorgen um fünf Uhr vollzogen werden, nur kurz gesagt habe: „*Die* Woche fängt gut an[3]!“

Graf Feodor Wassiliewitsch Rostoptschin, Gouverneur von Moskau, der die Fackel schwang, die über Napoleons Untergang leuchtete, ließ auf seinen Grabstein im Park seines Schlosses die Worte setzen:

„Hier hofft zu ruhen ein verstorbener alter Mann,
dessen Körper und Geist völlig erschöpft waren.
Meine Damen und Herren, bitte spazieren Sie
weiter[3]!“

Auf dem Friedhof eines Dorfes in der Oberlausitz findet sich auf dem Grabe eines nur sechs Jahre alt gewordenen Knaben die von echter Frömmigkeit diktierte Inschrift:

„Hier ruht das kleine Öchselein,
des großen Ochsen Söhnelein.
Der liebe Gott hat's nicht gewollt,
daß es ein Ochse werden sollt[3].“

Wilhelm Busch fordert seine Leser auf, wenn sie an seiner letzten Stätte stehen, die Grabinschrift selbst zu schreiben:

„Stehst du einst an meinem Grabe
Und bist meiner Asche nah,
Schreibe schweigend in den Sand:
Diesen hab' ich auch gekannt[3]!"

Eine der allerreizendsten, weil liebenswürdigsten Inschriften findet sich auf dem Grabstein einer Cora auf dem Père Lachaise:

„Ci-gît dans une paix profonde
Cette dame de volupté
Qui, pour plus grande sûreté
Fit son paradis de ce monde[3]."

Erfinden wir Grabinschriften, die souverän genug sind, nach Jahrhunderten noch bewundert oder belacht zu werden[3]!

„Habe ich Ihnen diese Geschichte schon erzählt?"

Gräfin M., Gattin eines kaiserlichen Botschafters im Paris der achtziger Jahre des vorigen Jahrhunderts, stammte aus einem schottischen Adelsgeschlecht. Sie hatte den Grafen M., einen Grandseigneur alten Stils, erst im Alter von fünfundfünfzig Jahren geheiratet. Jeden Morgen, wenn sie von ihrem Ausritt zurückkam, besuchte sie den Grafen in seinem Arbeitszimmer in der Botschaft, wo sie einige liebenswürdige Minuten mit ihm verplauderte. Eines Morgens, als sie, ihm gegenübersitzend, eine kleine Geschichte erzählte, wurde ihr schwindlig. Ohne im geringsten ihren Tonfall zu ändern, unterbrach sie sich und sagte:

„Excuse me George! I am dying . . ."

Dann sank sie in ihren Sessel und war tot[3].

Die Schüler des Hippokrates und ihre Kunst

Die Forderungen, die an den Arzt gestellt werden, werden immer über das hinausgehen, was ein einzelner Mensch zu leisten vermag[6].

Die Medizin, welche der Arzt in der Praxis dem Kranken verschreibt, ist nicht nur in einem Glas Wasser zu nehmen, sondern auch mit drei Teelöffeln guten Glaubens an die Tüchtigkeit des Arztes, die Güte der Schöpfung und die Zuverlässigkeit der pharmazeutischen Industrie[6].

Das Sprechzimmer eines Arztes hat zwei Türen. Durch die eine betritt der Mensch, beladen mit seiner Krankheit, die Umwelt des Arztes. Durch die andere wird er, mit der Hoffnung auf Heilung, in seine eigene Umwelt wieder entlassen[6].

Ein Arzt kann seine Patienten nicht aussuchen, oder jedenfalls hätte ein Arzt, der glaubt, seine Patienten sich aussuchen zu können, wenn nicht seinen Beruf, so doch seine Berufung verfehlt[6].

Während die Medizin das Leben des Menschen beträchtlich verlängert hat, verkürzt der Patient mit Hilfe des Telephons das Leben des Arztes[2].

Der Mann, der gegen den Tod kämpft, weiß, daß er seine Siege mit Niederlagen bezahlen muß[6].

An nichts wird die wahre Würde des ärztlichen Berufs so sichtbar wie an den Irrtümern, welchen er ausgesetzt ist[6].

Ein Chirurg hat guten Grund, den Pfarrer zu schätzen. Wo der Chirurg, des Menschen Diener, mit seiner Kunst zu Ende ist, weiß der Diener Gottes noch immer eine kleine Strecke weiter, jene kleine Strecke vom Schulterzucken der Wissenschaft bis zur Pforte der Ewigkeit[7].

Früher waren Seuchen eine wilde und apokalyptische Angelegenheit, die die Menschen mit Entsetzen erfüllten und an das Jüngste Gericht mahnten. Die modernen Epidemien sind sachlich, zivilisiert und geschmackvoll zurückhaltend. Man bemerkt sie nur in den Bilanzen der Arzneifabriken, wo sie als lebhafte Umsatzsteigerung erscheinen[3].

Die Neurose beginnt epidemischen Charakter anzunehmen in einer Form, die gut zu der Massenhysterie unseres Zeitalters paßt[4].

Die Gesundheit des Menschen zu definieren, geht über die Möglichkeiten der wissenschaftlichen Medizin hinaus[6].

Chirurgie ist eine Wissenschaft, ihre Ausübung ein Handwerk[12].

Wo die Künste des Friseurs zu Ende sind, übergeben die Frauen unserer Zeit ihre Gesichter der kosmetischen Chirurgie. Die kosmetische Chirurgie repariert Schäden, die das Leben in die Gesichter gezeichnet hat[6].

Die Befriedigung, einen Kranken zu heilen, ist moralischer Natur. Die Befriedigung, eine Diagnose zu stellen, ist ein geistiges Vergnügen höchsten Ranges. Eine Diagnose zu stellen, ist ein schöpferischer Akt[6].

Als seine Feinde hat der Mensch die Bakterien besiegt. Als seine Bundesgenossen werden sie ihn vernichten[5].

Schicksal ist das, was droht. Trefflich formuliert ist das in einer ebenso albernen wie tiefsinnigen Definition der Gesundheit: „Gesundheit ist ein provisorischer Zustand, der nichts Gutes verspricht[6].“

Der Schöpfer und sein Werk

Jahrtausende lang haben die Menschen geglaubt, daß Gott die Welt erschaffen habe. Er, der Allmächtige, konnte sie aus dem Nichts erschaffen. Als die Menschen aufhörten, das zu glauben, mußte die Welt aus irgend etwas entstanden sein. So erfanden die Gelehrten die Theorie des Urschlamms. Es ist aufschlußreich für die Geschichte des menschlichen Geistes, wie weit sich diese Lehre verbreiten konnte. Die meisten Menschen zogen es vor, statt von Gott erschaffen, aus dem Urschlamm entstanden zu sein[3].

Wenn der Apfel des Paradieses eine Kartoffel gewesen wäre, vielleicht hätte sich die Geschichte der Menschheit anders entwickelt[3].

Wenn der Mensch heute ins Paradies zurückgeführt würde, er würde sich da nicht mehr wohl fühlen können. Abgesehen davon, daß ihm Sünde beklagenswerterweise so viel Vergnügen macht, wovon sollte er träumen[1]?

Schnell fährt die Seele nur zur Hölle. In den Himmel geht sie ein, langsam und würdig[3].

Im Paradiese liefen wir, wie der geneigte Leser sich wohl erinnert, nackt umher. Es ist also mit Sicherheit anzunehmen, daß es im Paradiese warm gewesen ist. Ein kaltes Paradies, das ist wahrhaft eine schaurige Vorstellung[4].

Wenn man Ideale näher untersucht, findet man gewöhnlich, daß sie Forderungen enthalten, die zu erfüllen die menschliche Natur ganz besonders wenig Neigung zeigt. Das Ideal der Frömmigkeit erscheint uns deshalb als etwas besonders Bewunderungswürdiges, weil der Mensch von alters her ein so hervorragendes Talent dazu hat, Sünde auf Sünde zu häufen[3].

Ganz offenbar gehören im allgemeinen Plan des Universums die kleinen Unvollkommenheiten zu den unentbehrlichen Betriebsmitteln[2].

Der Himmel ist geneigt, uns die Dummheiten, die wir begangen haben, zu verzeihen. Wie aber sollte er uns etwas verzeihen, das wir gar nicht begangen haben[4]?

Der Mensch verfügt über das Mittel der Sprache. Ein Gott gab ihm zu *sagen*, was er leide[6].

Krankheit hat im Rahmen der Natur Funktionen, die durchaus nicht nur negativen Charakters sind[5].

Wie glücklich dürfen wir uns schätzen, so wenig von den Zusammenhängen auf dieser Welt zu wissen. Es gibt keine harmonischere Ehe als die zwischen Illusion und Ignoranz[1].

Die Krankheit ist das Vorzimmer ebenso zur ewigen Seligkeit wie zur Hölle. Das gibt ihr ohne Zweifel eine bedeutende Würde[3].

Es ist ganz unglaublich, was für Mengen von Mitleid ein kranker Mann vertragen kann[2].

Unsere Zeit hat eine enorme Begabung bewiesen für die Erfindung neuer Methoden, sich das Genick zu brechen. Aber es kümmert sie nur wenig, was mit der Seele dessen wird, der sich das Genick gebrochen hat[4].

Die menschliche Seele ist, wie wir zu unserer Überraschung immer wieder feststellen dürfen, weit besser eingerichtet, als der Mensch es verdient[3].

Wenn man sagt, daß jedes Leben lebenswert sei, ist damit nichts anderes gesagt, als daß jedes Lebewesen eine Seele habe und ein Geschöpf Gottes ist[6].

So unzufrieden der Mensch gemeinhin mit den mächtigen Göttern ist, so zufrieden ist er, wenn er selbst die Rolle der mächtigen Götter spielt[4].

Wenn die stumme Seele zu reden beginnt, redet sie mit Engelszungen[3].

Die Tränen, die aus der Unendlichkeit des Ungeschehenen in die Welt rollen, werden von besonderen Engeln aufgefangen und in einem besonderen Becken gesammelt, in dem die Göttin der Güte ihr Morgenbad zu nehmen pflegt.

Sorgen wir dafür, daß sie nicht eines Tages auf dem Trockenen sitzt[4]!

Es gehört zu den Merkwürdigkeiten der menschlichen Seele, daß das Vergnügen an einer Sache nicht unbedingt geschmälert wird durch das Wissen, es wird das letzte Mal sein, daß man sie genießt. Es kann nicht mit Sicherheit entschieden werden, ob eine Henkersmahlzeit nicht doch ganz gut schmecken kann[12].

Auch Hunger ist eine Gabe Gottes. Es ist diejenige Gabe Gottes, die in Erscheinung tritt, wenn alle anderen Gaben Gottes ausbleiben[14].

Die Natur ist wunderbarerweise imstande, durch das Gesetz der großen Zahl aus der Unordnung Ordnung entstehen zu lassen[5].

Wird in ein Gleichgewicht der Natur massiv eingegriffen, treten Störungen auf, welche die Natur selbst nicht mehr zu regulieren imstande ist[5].

Die Natur hat keinen moralischen Charakter[5].

Kaninchen sind sanfte Tiere. Die freundliche Hand des Schöpfers hat ihnen einen Ausdruck von Unschuld verliehen, der uns entzückt. Unsere Ansicht über die Unschuld der Kaninchen ist sicher Unsinn. Ein Krokodil am Blauen Nil frißt einen Neger mit der gleichen Unschuld wie das Kaninchen sein Kohlblatt[3].

Kenntnis und Beherrschung von Naturgesetzen machten etwas möglich, was dem Menschen von Natur nicht gegeben ist[5].

Wenn die Natur im Laufe der Erdgeschichte das Verschwinden unzähliger Arten zuließ, und wenn sogar das Verschwinden des Menschen ihre erhabene Unbewußtheit nicht berühren würde, scheint es doch, als ob das nicht der Sinn der Sache sei[5].

Landschaften haben Gesichter, und Gesichter haben Schicksale. Es gibt Landschaften, denen bestimmt ist, der Rahmen großer Geschichte zu werden, und es gibt Landschaften, in welchen das erste größere Ereignis der Jüngste Tag sein wird[1].

Horizonte sind von den Geschichtsschreibern niemals genügend berücksichtigt worden. Die fruchtbaren und glücklichen Länder haben unbedeutende Horizonte. Die großartigen Horizonte sind den kargen

Ländern vorbehalten. Weltreiche entstehen aus dem Kargen. Die Latiner waren ein armes Bergvolk. Sie begründeten Rom. Die Araber hatten in ihren Wüsten nichts als Horizont. Sie eroberten die halbe Welt[1].

Die Natur läßt Gras nicht auf dem Baum wachsen und Hasen nicht in den Himmel klettern[4].

Die wirkliche Länge eines Giraffenhalses ist ja in der Tat auch einer der unglaublichsten Einfälle der Natur[10].

Es ist nicht anzunehmen, daß die Natur für bestimmte ihrer Geschöpfe eine Vorliebe hat[5].

Die Natur fragt nicht danach, ob die Malariamücke einen König oder einen Bettler sticht[5].

Sterne gehören nicht anders zur Schöpfung als die Pfütze, in der sie sich spiegeln[3].

Die Währung, in der der Fortschritt von Naturwissenschaft und Technik bezahlt werden muß, ist das Gold des Humanismus. Das ist die Welt, in der wir leben[12].

Vor hundert Jahren hätte man sagen dürfen, das alles sei ein Werk des Teufels. Aber das 19. Jahrhundert hat den Teufel abgeschafft, eine, wie sich immer deutlicher erweist, höchst unglückliche Maßnahme[12].

Man kann nicht nur zu einem Glauben, man kann auch zum Aberglauben konvertieren: schönes Exempel der Evolutionstheorie[13].

Als ich aus Damaskus zurückkam, habe ich einem unserer hervorragendsten Theologen die Frage vorgelegt, ob Gott und Allah denn nun identisch seien. Der große Theologe erklärte mir mit leisem Lächeln, das sei eine Frage, auf die er die Antwort nicht aus dem Ärmel schütteln könne. Ich hoffe, ihn wiederzusehen[9].

„Habe ich Ihnen diese Geschichte schon erzählt?“

Ein Trapper reitet durch die Wüste von Arizona. Weit und breit kein Strauch, nur glühende Hitze. In der Dämmerung sieht er von weitem ein Licht. Er reitet hin – eine Farm. Der Besitzer der Farm begrüßt den Fremdling herzlich und lädt ihn zum Abendessen ein. Als sie beim Whisky sitzen, fragt der Trapper den Farmer, ob es nicht ein wenig langweilig in dieser Einöde sei.

„Oh“, meint der Farmer, „ich habe mein Steckenpferd. Ich dressiere Tiere.“

„So! Was sind denn das für Dressuren?“

„Na, ich habe da ein Pferd, das Klavier spielt, und eine Ziege, die singt.“

,,Donnerwetter! Können Sie das mal vorführen?"

,,Natürlich! Gern!"

Der Farmer führt ein Pferd und eine Ziege herein. Das Pferd setzt sich ans Klavier und fängt an zu spielen. Die Ziege singt dazu. Der Trapper ist ganz verblüfft.

,,Aber hören Sie mal, das ist doch eine tolle Zirkusnummer. Biete Ihnen auf der Stelle dreitausend Dollar für die beiden Tiere."

,,Ach nein", sagt der Farmer, ,,das kann ich nicht machen."

,,Ja, warum denn nicht? Sie haben doch Zeit. Sie können doch neue Tiere dressieren. Biete fünftausend Dollar!"

,,Ach nein, das kann ich nicht machen!"

,,Ja, warum denn nicht?"

,,Wissen Sie, da ist nämlich ein kleiner Schwindel dabei."

,,Ein Schwindel? Ach so! Und was ist das für ein Schwindel?"

,,Ja, wissen Sie, die Ziege kann nämlich gar nicht singen. Das Pferd ist Bauchredner[13]*."*

Homo sapiens

Die Zoologie betrachtet den Menschen als ein Säugetier. Ihr macht der Herr im Frack, der am Steuer seines Wagens sitzt, kein Kopfzerbrechen. Der Herr ist *Homo*, und Frack und Achtzylinder faßt die Zoologie unter dem Beiwort *sapiens* zusammen[1].

Ein Affe, ob er mit einem Hammer eine Nuß zerschlägt oder ob er Tränen vergießt, wird dadurch noch nicht zum Menschen[5].

Gerade das, was die Evolutionisten so gern als Beweis anführen, die „Ähnlichkeit" zwischen Affe und Mensch, ist und bleibt eben immer nur Ähnlichkeit und wird durch eine noch so große Annäherung nicht zur Gleichartigkeit[5].

Das Wesen der Person ist in seinem letzten Grund biologisch so wenig erklärt wie je. Der moderne Forscher weiß darüber nicht mehr, als der heilige Augustin darüber gewußt hat, und man kann es schon als einen großen Fortschritt bezeichnen, wenn der moderne Forscher das weiß[6].

Das, was den Urmenschen vom Bären unterschied, war das Bedürfnis nach einer Erklärung der Erscheinungen. Der Bär machte Erfahrungen immer nur insofern, als er dazu gezwungen wurde[5].

Auch der moderne Mensch liebt es, eine große Vergangenheit zu haben. Er ist stolz, einer alten Familie, einer alten Stadt, einem alten Volk anzugehören. Er will aber nicht vom alten Adam abstammen, sondern vom Affen[4].

Die Geschichte des Menschen ist nicht die Geschichte seiner Waffen und auch nicht die Geschichte seines Exports, sooft auch immer der friedfertige Handel das Gold seiner Gewinne in Waffen verwandelt hat. Die Geschichte des Menschen ist eine Geschichte von Ideen[9]!

Keiner von uns zweifelt an der Gültigkeit des kopernikanischen Weltsystems. Aber für uns alle geht die Sonne unter. Der Mensch ist offenbar fähig, zwei einander widersprechende Umwelten in seiner so vieles bergenden Brust nebeneinander zu dulden[6].

Wie glücklich ist doch der Mensch gebaut! Mit ganzen Herden von ungelösten Problemen zieht er durch die Auen und Einöden seines Daseins. Auf der anderen Seite löst er ununterbrochen Probleme, ohne sich über die Folgen seiner Lösungen die geringsten Gedanken zu machen[2].

Der Mensch ist kein Engel. Daß er gleichwohl ein Geschöpf Gottes ist, davon macht er nur selten Gebrauch. So kann er denn nicht in aller Herrgottsfrühe aufstehen, wenn er erst in aller Teufelsspäte schlafen gegangen ist[1].

Das Individuum hat sich als das geduldigste Wesen herausgestellt, das jemals auf dieser Erde in Erscheinung getreten ist. Es steht ergeben wie ein Garderobenständer da, an welchem jede wissenschaftliche Disziplin ihren Hut aufhängen kann. Nur eben, es ist nichts so schwer unter einen Hut zu bringen wie siebzehn Hüte. Die Unteilbarkeit des Individuums zeigt eine verzweifelte Ähnlichkeit mit dem Atom, der anderen Unteilbarkeit der Wissenschaft. Der Unterschied besteht eigentlich nur darin, daß das unteilbare Atom erfunden wurde, um gespalten zu werden. Das unteilbare Individuum dagegen war schon gespalten, ehe es erfunden wurde[6].

Wenn die Astrologen sich tief und lange in ein Horoskop versenken, liegt des Menschen Charakter offen vor ihnen. Das ist ein bewundernswertes Ergebnis.

Auf diese Weise ist etwas Außerordentliches erreicht, nämlich daß ein Mensch etwas von einem anderen erfährt. Dieses Ergebnis der Astrologie ist um so bewundernswerter, als hier auf eine umständliche, mühsame und feinsinnige Weise eine Einsicht gewonnen wird, die ein erfahrener Hotelportier in weniger als einer Sekunde herbeizaubert[3].

Der Mensch kann nicht ein Leben lang auf seiner eigenen Höhe sein[4].

Der Mensch verfügt über ein außerordentlich entwickeltes Talent, mit seinem Gewissen in erträglicher Symbiose zu leben[1].

Der Mensch ist ein ungereimtes Wesen. Ich bin ein Mensch und auf Mensch gibt es bekanntlich keinen Reim[3].

Es ist merkwürdig, wie schnell durch Ungepflegtheit das Gefühl entsteht, deklassiert zu sein[12].

Der Mensch liebt es, sich des Glanzes zu erinnern und das Elend zu vergessen[9]!

Der Glanz des Menschen ist ein oberflächliches Elend. Das Elend des Menschen hat einen tiefen Glanz[3].

Die Würde eines Toten wird durch die Aktionen eines Begräbnisinstitutes nicht betroffen[13].

Wie glücklich dürfen wir uns schätzen, so wenig von den Zusammenhängen auf dieser Welt zu wissen[3].

„Habe ich Ihnen diese Geschichte schon erzählt?“

Ehrgeiz ist eine Eigenschaft kleiner Leute. Napoleon stellte eine ganze Welt auf den Kopf, um seiner Länge eine Spanne hinzuzufügen. Aber ob man nun auf dicken Sohlen geht oder sich eine Krone aufs Haupt setzt – alle diese Mittel sind Täuschungen. Erst Sportlehrer Brown in New York hat die Menschheit in ihrem Kampf gegen das Unabänderliche wirklich ein Stück vorwärts gebracht. Es mag bedauerlich erscheinen, daß ein Mann, der eine so edle Reihe von Vorgängern hat, uns durch Gerichtsbericht bekannt wird. Aber die Fortschritte der Menschheit sind immer nur durch Opfer erkauft worden. Und die sechs Wochen Gefängnis, die Mr. Brown nun abzusitzen hat, sind wirklich eine geringe Buße gemessen an dem Ruhm, der ihm erblühen wird.

Mr. Brown nämlich ist der erste Mensch, der Menschen wirklich größer gemacht hat, als sie von Natur sind, und das erreichte er ohne Sohle und ohne Krone. Er schlug seinen Klienten mit einer Keule auf den Kopf und gewann ihnen so durch Beulen vier bis sechs Zentimeter an Leibeslänge hinzu. Es mag verwunderlich erscheinen, daß man Mr. Brown bestrafte, denn seine Klienten unterwarfen sich dieser Behandlung vollständig freiwillig. Und es war auch nicht Eitelkeit, die diese Leute veranlaßte, sich vergrößern zu lassen, es war reine Vaterlandsliebe, die nach diesem Keulenschlag verlangte. Es waren Leute, denen zum Militärmaß noch einige Zentimeter fehlten, die sie sich bei Mr. Brown zu verschaffen erhofften. So wurde denn Mr. Brown nicht etwa wegen Körperverletzung, sondern wegen Täuschung der Militärbehörden eingesponnen[4].

Der Mensch und sein Alltag

Man unterwirft die Menschen heutzutage psychologischen Prüfungen. So raffiniert diese Prüfungen ausgedacht sein mögen, keine einzige könnte so streng sein wie die Prüfung durch Einsamkeit. Solche Prüfungen werden denn auch nicht veranstaltet. Das zeigt wieder einmal, wie sinnvoll die Welt eingerichtet ist[1].

Zweifellos ist es eine höchst oberflächliche Betrachtungsweise, über die Fazilitäten der Kommunikation gering zu denken. Die Methoden, deren die Vorsehung sich bedient, um dem Menschen Gutes zu erweisen, sind meistens viel zu delikat, als daß wir sie so ohne weiteres durchschauen könnten[1].

Das Wichtigste beim Besuch eines Museums ist zunächst nicht, daß man die Bilder betrachtet, sondern daß man persönliche Beziehungen zum Museumsdiener anknüpft[1].

Auch das gehörte zu dieser Zeit, daß Schwachsinn Weltgeltung erlangen konnte. Der gefeiertste Mann, den es gab, war Jack Dempsey, Boxweltmeister im Schwergewicht. Gegen die neuartige Anfälligkeit der

Menschheit für Schwachsinn war die Gründung des PEN-Clubs, die im Jahre des Sieges Dempseys erfolgte, kein wirksames Gegenmittel[12].

Ich ziehe den Vollstreckungsbeamten einem Geldbriefträger vor. Die Konversation mit einem Geldbriefträger geht niemals über landläufige Redensarten hinaus. Die Unterhaltung mit einem Vollstreckungsbeamten geht dem Schicksal auf den Grund und erhebt sich in der Gemeinsamkeit einer zu lösenden Aufgabe zu wahrer Humanität[2].

Liebenswürdiges Geschwätz ist sicher eine der friedlichsten Möglichkeiten, von der Sprache Gebrauch zu machen[9].

Klatsch bleibt nur drei Tage frisch[3].

Irgendwann einmal will sich der Mensch von der unerhörten Anstrengung, stets sein eigenes Gesicht zu tragen, erholen. Man wird das um so eher begreifen, je genauer man sich die Gesichter ansieht, die die meisten Menschen zu tragen genötigt sind[2].

Das letzte Gesicht, das wir auf dieser Erde zurücklassen, wenn wir schon keinen einzigen Gedanken mehr denken, ist unsere Maske[2].

Das Heil der Menschheit kann man nicht nur am Tag betreiben. Unheil findet auch nachts statt[2].

Die Notwendigkeit zu arbeiten, hindert die meisten Menschen, *das* Leben zu führen, das sie führen möchten[3].

Die Arbeit wurde uns erst bei der Vertreibung aus dem Paradies als Strafe auferlegt[3].

Sich wohl fühlen ist in unser aller Gefühl mit Nichtstun gekoppelt. Auch das ist eine sehr alte Erinnerung. Sie geht auf das Paradies zurück, als Löwe, Sau und Mensch, des Missionars noch nicht bedürfend, sich in gleicher Weise göttlich wohl fühlten[3].

Adam im Paradies war faul. So kann Faulheit nichts Negatives sein. Sie ist nicht der Gegensatz zum Fleiß. Fleiß kommt im Paradies nicht vor. So kann er dort auch keine Entsprechung haben[2].

Wenn die Faulheit auch keine Tugend ist, ein paradiesisches Laster ist sie auf jeden Fall[3].

In der Tat, die große Aufgabe, Ferien zu machen, ist gleichbedeutend mit der Aufgabe, nichts zu tun. Es ist eine Aufgabe von höchster Schwierigkeit. Die Anstrengungen, welche die Menschheit alljährlich unternimmt, der Schwierigkeit Herr zu werden, sind heroisch und der Bewunderung jedes wahren Menschenfreundes wert[3].

Es gibt drei internationale Verständigungsmittel, die auf der ganzen Welt ihren Dienst tun: das Lächeln, die Zigarette, der Dollar[4].

An Tagen, an denen der Bettler nichts verdiente, brachten ihm die Damen der Nacht Schokolade, Zigaretten und manchmal eine polnische Brühwurst. Diese Erfahrung hat mich für immer davor bewahrt, mir Meinungen zu bilden, die nicht auf Erfahrung beruhen[12].

Der alte, durch Verwitterung weise und zufrieden gewordene Landstreicher, der auf den Straßen des Lebens die Schönheit der Welt kennengelernt hat, bedarf des Cadillac nur für das kurzweilige Vergnügen, im blitzenden Chromnickel des Kühlers sein Lächeln sich spiegeln zu lassen[2].

Per Pedes gingen die Apostel. Heute tun das nur noch die Landstreicher. Zweifellos sind die, die über das Land streichen, den Aposteln näher als die, die über die Straßen streichen. Wenn die Straßenstreicher an den Landstreichern vorbeistreichen, ahnen sie nicht, daß es ihre eigene Seele ist, der sie begegnen[2].

Würde ist langsam. Vornehm ist nicht, mit dem 100 PS Kompressor zu fahren. Vornehm ist, Zeit zu haben. Nicht einmal mehr am Beginn der Ewigkeit wird dem Menschen Zeit gelassen. Mit fünfzig Stundenkilometern sausen die Toten durch unsere Straßen. Die schwarzen Rösser vom alten Wagen der Würde stehen im Stall der Vergangenheit. Charon hat einen Außenbordmotor bekommen. Die Toten haben nicht mehr Zeit, Lethe zu trinken. Kein Wunder, daß sie im Hades keine Ruhe finden[2].

Niemand hat bemerkt, daß in unserem Saekulum die Jahrtausende alte Epoche, in der jeder freie Mann ein Reiter war, zu Ende gegangen ist. Sonderbarerweise ist, was mit dem Pferd verlorenging, ein Stück Humanität. Wer gelernt hat, mit einem Pferd umzugehen, hat ein Stück Erziehung an sich selbst vollbracht. Er wird es immer leichter haben, Menschen richtig zu behandeln[12].

Die Menschheit hat sich großen Philosophen gegenüber immer dankbar erwiesen. Sie ehrt sie als Zeitgenossen, wenn noch niemand sie richtig verstanden hat, und sie ehrt sie als Größen der Vergangenheit, wenn niemand mehr sich die Mühe nimmt, sie richtig verstehen zu wollen[14].

Polizisten haben von Berufs wegen mit menschlichem Unglück zu tun. Sie können es sich nicht leisten, sentimental zu sein. Herzen, die nicht sentimental sind, haben Platz für Gefühle. Wer über menschliche Verirrungen Bescheid weiß, weil er sich von Berufs wegen mit ihnen beschäftigen muß, ist am wenigsten von ihnen bedroht. Ärzte pflegen nicht krank zu sein. Polizisten pflegen menschenfreundlich zu sein. Wahrscheinlich gibt es in keiner Großstadt einen besseren Ehemann als den jeweiligen Fachbearbeiter für Heiratsschwindel. So weise ist die Welt eingerichtet[3].

Die Theke ist der Rangierbahnhof der menschlichen Seele[1].

Die Theke ist die Stätte zweier alter Freiheiten, der Freiheit zu reden und der Freiheit zu schweigen[1].

Die Urviecher tranken, weil sie Durst hatten. Der Mensch zerbrach diesen Zusammenhang. Er verschaffte sich Durst, um trinken zu können. Damit zum erstenmal wurde eine biologische Funktion in den Bereich der Moral gerückt[1].

Zum Albernsein bedarf es keines Grundes. Erst wenn man die Souveränität und Freiheit besitzt, da zu lachen, wo überhaupt kein Grund vorliegt, dann erst ist man albern[1].

Die Albernheit wird um so erhabener sein, je höher der Sockel ist, von dem der Mensch herabspringt[1].

Man weiß nicht, ob die Albernheit eine Tugend oder ein Laster ist. Sie ist eine apokryphe Eigenschaft des Menschen[1].

Eine Stunde Angst verwandelt zwanzigtausend Jahre Vernunft in einen Rauch. Mut besteht darin, daß der Mensch in seiner Angst die Vernunft nicht verliert und sich der zwanzigtausend Jahre erinnert, die er überlebt hat. Mut ist der Kern, aus dem die Sonnenblume der Zukunft erblüht. Was für Kerne sonst noch in dem Säckchen sein sollten, wird erst zwanzigtausend Jahre später ein gescheiter Historiker auf wissenschaftliche Weise feststellen[2].

Wer etwas tut, weil es gefährlich ist, ist kühn. Tapfer ist, wer etwas tut, obgleich es gefährlich ist. Kühnheit hat eine obere Grenze, jenseits derer sie zur Tollkühnheit wird. Die Grenze wird bestimmt durch die Angemessenheit des Risikos[1].

Der Sport ist deshalb etwas jedermann Befriedigendes, weil er Gelegenheit bietet, lauten Beifall zu bezeugen für Tugenden, welche auszuüben man selber zu faul ist[4].

Nichts ist verständlicher als die Begeisterung von dreißigtausend Menschen, welche zweiundzwanzig Männern zusehen, die sich einen Lederball streitig machen. Daß dieser Streit nach Spielregeln vor sich geht, die keiner übertreten darf, ist eine Erinnerung der Menschheit an die Zeit, da es auf Erden noch gesittet zuging. Eine schöne Erinnerung[4]!

Das entscheidende Merkmal der Begeisterung ist Verlust der Urteilskraft[12].

Der Sport ist ein sehr vernünftiger Versuch des modernen Zivilisationsmenschen, sich die Strapaze künstlich zu verschaffen[4].

Sport ist gesund! Kein Zweifel! Allerdings, wenn man gesund ist, braucht man dafür eigentlich nichts weiter zu tun. Und wenn man krank ist, verbietet der Arzt einem den Sport. Wann also soll man ihn betreiben[4]?

Das Leben ist eine langatmige Angelegenheit und Geduld die stärkste aller Waffen[2].

Das, wovon wir alle leben, ist die Saat, die gesät werden muß, damit im nächsten Herbst geerntet werden kann. Die Pessimisten mag das nicht sehr freuen, aber es läßt sich nicht leugnen – Säen ist Optimismus[2].

Hoffnung ist der Inhalt des Wartens. Die Kunst des Wartens besteht darin, die Zeit des Wartens, anstatt sie verloren zu geben, seinem Leben hinzuzugewinnen[4].

Könige, wenn sie höflich sind, lassen niemanden warten. Eine Dame, wenn sie pünktlich ist, bleibt fast keine Dame mehr. Eine Behörde, die niemanden warten läßt, ist ein Wunder[4].

Der schlichte Bürger, sofern er sich mit Tugend befaßt, hat auf gar nichts weiter zu achten, als daß er sie selber übt. Die Obrigkeit, sofern sie sich mit Tugend befaßt, hat darauf zu achten, daß andere sie üben[3].

Von der Tugend allein kann man nicht leben. Vom Laster allein kann man nicht sterben[1].

Niemand wird ehrlich glauben, daß die Menschen von Natur gut sind. Zur Tugend muß man sie zwingen. Zum Laster braucht man sie, dem Himmel sei's geklagt, nicht zu zwingen[1].

Dreihundert Jahre lang wurden um Gewürze Kriege geführt. Zweifellos könnte der Mensch ohne Muskat, ohne Zimt und ohne Pfeffer leben; aber die überflüssigen Dinge haben ihn von jeher am meisten gefreut. Und das, was ihn am meisten freut, stachelt auch am heftigsten seine Begierden an[12].

Die meisten Untaten werden nach einem ausgedachten Plan und demgemäß mit großer Präzision durchgeführt. Edle Taten schweben lange frei im moralischen Raum, und wenn sie ihr Ziel erreicht haben, betrachtet man sie als eine Notlandung mit Verspätung[13].

Der Komfort der Herzlichkeit ist schöner als der Komfort aller Grandhotels der Welt[9].

Die wenigsten Menschen kennen das Geheimnis, zu sich selbst höflich zu sein[4].

Die Melancholie behandelt der Gentleman nicht mit Veronal. Man tut das mit Burgunder[1].

Dummheiten sind die Betriebsunfälle der Intelligenz. Wenn die Klugheit einen Fehler macht, ist das eine Torheit[13].

Geiz ist ein Fehlgriff in der Wahl der Mittel[4].

Der Trotz des Menschen wohnt, wo es ihm behagt, und zuweilen behagt ihm das Unbehagen[12].

Beim Bridge muß man verstehen, mit Grazie mäßig zu gewinnen. Beim Skat muß man verstehen, mit Haltung unmäßig zu verlieren. Es sind zwei verschiedene Welten. Und so war auch das Bridgespiel bisher ein Spiel der Frauen, das Skatspiel ein Spiel der Männer[2].

Die Neugier des Weibes hat dem Menschen die Geheimnisse des Menschen erschlossen.

Die Neugier des Mannes hat den Menschen in die Geheimnisse des Weltalls hineingerissen[6].

Der Kater ist der Preis für das Risiko der Neugier[2].

Der Held von gestern ist immer der Don Quichote von morgen[12].

Die moralischen Eigenschaften der Tiere sind beständig. Es ist merkwürdig genug, daß sie in allen Kulturen dieselben sind. Für die Beständigkeit der moralischen Eigenschaften des menschlichen Geschlechts dürfen wir daraus einige Hoffnung schöpfen[1].

Vom Unmoralischen zum Moralischen ist nur ein Schritt, so selten er auch getan wird[1].

Über Poesie und Schriftstellerei

Poesie hat die Fähigkeit, die Unendlichkeit dem Gefühl zugänglich zu machen[5].

Als Schriftsteller hat man im Leben nur selten Gelegenheit, einen Dichter kennenzulernen. Die beiden Berufe haben zu wenig miteinander zu tun. Nur drei Dinge sind ihnen gemeinsam – das Papier, die Tinte und die Verleger[3].

Schriftsteller kann man werden. Der Dichter kommt als solcher auf die Welt. Er schafft Leben. Die gestrenge Herrin seiner Schöpfung ist sein Genie. Der Schriftsteller beschreibt das Leben. Sein Talent ist sein Diener[12].

Ein Schriftsteller sollte immer eine Frau haben, die seinen Lorbeer in die Suppe tut[14].

Wenn man aus drei Büchern abschreibt, ist man ein Plagiator. Wenn man aus hundert Büchern abschreibt, ist man ein gebildeter Autor. Natürlich empfiehlt es sich dann, unbekannte oder verschollene Schriftsteller zu benützen. Nur von Kant kann man immer ruhig abschreiben. Kein Kritiker hat ihn je gelesen[12].

Mit der Dividende des Dynamits werden die Dichter geehrt. Aber so selbstverständlich es unter Dichtern ist, gegen Dynamit zu protestieren, so wenig ist es üblich, gegen die Dynamitdividende sich ablehnend zu verhalten[4].

Erfahrungen eignen sich für nichts so gut wie dazu, über sie zu schreiben[12].

Es ist eine wichtige Aufgabe jeder Biographie, einen Zustand zu erreichen, bei dem man mit seinem Gewissen in einer erträglichen Symbiose lebt[14].

Vom Feuilleton kann man existieren, aber man kann nicht davon leben[12].

Die Kunst des Feuilletons besteht nicht darin, über ein Thema zu schreiben, sondern über kein Thema zu schreiben. Statt des Themas gibt es einen Anlaß. Anlaß kann jeder Hosenknopf sein[1].

Der literarische Dilettant ist wie ein Schwan. Stolz zieht er seine Kreise auf dem Teich seiner Phantasie. Erklimmt er dann das steinige Ufer der Formulierungen, bleibt er ein Schwan – er watschelt[14].

Ich gehöre nicht zu denen, die alles glauben, was in der Zeitung steht, nicht einmal, wenn ich es selbst geschrieben habe[4].

Solange einer sich freut, wenn er öffentlich erwähnt wird, ist er noch nicht prominent. Der echte Prominente ärgert sich, wenn er einmal *nicht* erwähnt wird[4].

Ich bin noch nie einem Schuster begegnet, der nicht gewußt hätte, wozu er auf der Welt ist. Aber es dürfte sehr schwer sein, einen schreibenden Mann zu finden, der genau weiß, wozu er auf der Welt ist[4].

Ein kleines Feuerwerk

Die Liebe zur Freiheit ist die stärkste Waffe des Menschen in dem alten Kampf um seine Würde[8].

Computer sind schnell. Gute Gedanken sind langsam[3].

Ein gutes Gedächtnis merkt sich nicht alles, sondern vergißt das Unwichtige[4].

Nirgends auf der Welt ist man so wunderbar allein wie hinter einer Maske[2].

Die Mode ist die Wissenschaft des Charmes[2].

Ein Geschenk muß die Eigenschaft haben, sowohl nutzlos wie kostbar zu sein[2].

Es gibt zwei Gruppen von Fachleuten, die sich mit dem Problem von Körperbau und Charakter beschäftigen. Die einen versuchen durch das Studium des Körperbaus den Charakter zu enthüllen – das sind die

Psychologen. Die anderen versuchen durch das Studium des Körperbaus den Charakter zu verhüllen – das sind die Schneider[4].

Nichts auf der Welt lohnt sich so sehr wie gute Trinkgelder, und wenn man dreißig Jahre lang gute Trinkgelder gibt, sieht man schließlich aus wie ein Mann, der dreißig Jahre lang gute Trinkgelder gegeben hat[9].

Der Mensch, schlimm genug für ihn, hat ein Herz[13].

Mein Schneider ist ein guter Mensch, aber unglücklich wie viele, die zu weichen Herzens sind[13].

Völker haben ein Herz. Sie haben Gefühle. Sie sind vernünftig oder unvernünftig. Verstand ist offensichtlich eine Eigenschaft des Einzelnen[4].

Jeder der beiden begründete seine Verbrechen mit den Verbrechen der Gegenseite. Jeder der beiden vertrat das Recht der Rache. Aber Rache ist nicht Recht[7].

Die abendländische Menschheit hat ihre Verwandlung immer darzustellen versucht. Sie hat sich das Theater geschaffen, um sich selbst betrachten zu können[3].

Wenn einer sich zu der Kühnheit aufschwingt, schöpferisch zu werden, gelingen ihm im besten Falle großartige Unvollkommenheiten[3].

Der Orientale versteht etwas von dem schweren Geschäft, das Leben leicht zu nehmen[9].

In der Wüste ist der Mensch des Menschen Feind, oder er ist sein Bruder[9].

War es nicht ein altes Geschäft der Könige, Verräter zu belohnen, damit dieses Gewerbe, den Herrschern so nützlich wie gefährlich, seinen Reiz nicht verlöre[10]?

Des Menschen Eitelkeit ist ein mächtiges Werkzeug in der Hand dessen, der sich dieses Hebels zu bedienen weiß[10].

Daß dem Dasein im wesentlichen das Merkmal milden Irrsinns zukommt, wird niemand bestreiten[4].

Erst nachdem man aufgehört hatte, Hexen zu verbrennen, konnte man anfangen, sie zu behandeln[6].

Eine Fläche, ohne Zweifel, kann sehr gewinnen, wenn man sie bemalt. Früher bemalte man Wände *alfresco* mit Heiligenbildern. Heute bemalt man Wände *al reclamo* mit Seifenmädchen[4].

In Buddhas Bauch wohnt nach dem Glauben der Chinesen die Weisheit. Heute trägt den Bauch der Generaldirektor[6].

Vielleicht liegen in einer Verbindung des Shell-Konzerns mit dem Buddhismus noch manche heute noch nicht zu übersehende Möglichkeiten verschlossen[3].

Wir haben für Veilchen eine Nase wie Rockefeller für Petroleum[4].

In China wissen die Leute, daß geschlachtete Kühe keine Milch geben[1].

Die Chinesen haben sich aus der dreitausendjährigen Geschichte Europas das Banalste herausgesucht, was aufzutreiben war – Hegel, Marx und Sozialismus. Die Amerikaner haben seit der Gründung der United States sich aus dem Erbe Europas das Dümmste angelacht – den Glauben an Fortschritt und Wissenschaft als Basis der Technik[13].

Merkwürdig, wie Gefühle sich verflüchtigen an einem Kassenschalter[4].

Den Pegasus kann man nicht mir Pantoffeln reiten[13].

Genie kann auch an Überflüssigkeiten verschwendet werden[13].

In der Demokratie darf jeder sagen, was er denkt – auch wenn er gar nicht denken kann[4].

Der weiseste Gebrauch, den man von der Freiheit machen kann, ist, keinen Gebrauch von ihr zu machen[3].

In unseren Tagen kann man die Freiheit nicht mehr verteidigen, wenn man nur das Vaterland verteidigt[4].

Die Sonne scheint über Gerechte und Ungerechte. Wir können wenig dazu und nichts davon tun[1].

Der Zufall ist eine irrationale Treffsicherheit[13].

Technik und Luxus sind Geschwister[9].

Von allen edlen Pferden auf dieser Welt ist das Steckenpferd das edelste[1].

Die Vortrefflichkeit eines Bonmots wächst mit dem Preis, den man dafür bezahlen muß[4].

Humanitas allein ist kein Ersatz für Religion[6].

Früher rasierte man sich, wenn man Beethoven hören wollte. Heute hört man Beethoven, wenn man sich rasiert[4].

Es gibt keine harmonischere Ehe zwischen zwei Begriffen als die zwischen Illusion und Ignoranz[3].

Einsamkeit gibt jeder Sache und jedem Menschen Größe[1].

Prinzipien sind diejenigen Gesetze, welche gebrochen werden dürfen[1].

Ressentiments sind noch keine Symbole[13].

Die Meteorologen haben das Wetter völlig ruiniert[14].

Je weiter das Nichtstun entfernt ist, um so höher steht es im Kurs[3].

Eine falsch gestellte Frage hat keine Lösung zur Folge, sondern Krach[2].

Gegen Mütter kämpfen Millionäre selbst vergebens[3].

Wenn in einem eleganten Restaurant die bestaussehenden Männer die Kellner sind, wird es Zeit, wieder einmal auf die Barrikaden zu gehen[14].

Nun wird schon das Wirtschaftswunder zur guten alten Zeit. Und keiner, der es erlebte, hat gewußt, daß er die gute alte Zeit erlebte[4].

Die Bettler geben uns die Möglichkeit, den Göttern zu opfern. Man sollte die nicht mißachten, die uns für einen Groschen dem Olymp in Erinnerung bringen[3].

Aphrodite ist ebenso sehr schuld am Ausbruch unzähliger Kriege, wie sie entschieden auch schuld ist an der Entstehung großartiger Meisterwerke der Kunst[4].

Ein sehr kluger Mann hat einmal gesagt: „Das Gegenteil von Liebe ist nicht Haß, sondern Lieblosigkeit[2]."

Das Grundelement der Tapferkeit ist Angst[12].

Sieger kommen an. Nach Niederlagen strandet man[12].

Jede wissenschaftliche Hypothese ist ein Produkt der schöpferischen Phantasie des Menschen[5].

Meyer hatte keine Komplexe. Er träumte nachts dasselbe, was er am Tag sagte. Glückliches Gehirn[3].

Die Strapaze ist der Flirt des Protoplasmas mit der guten Laune[4].

Verrückte sind fast alle guter Laune[4].

Möge die Narrheit ihre Bocksprünge machen. Narren allein sind würdig, der Weisheit die Schleppe zu tragen[1].

Wer liebt schon sein eigenes Gewissen? Aber es scheint, als ob auch das Gewissen den nicht liebt, für den es schlägt[4].

Ein falscher Schritt führt zuweilen zu einer Sicht, welche lohnender ist als die Erkenntnis, zu welcher der richtige geführt hätte[12].

Die größten Schwierigkeiten auf der Welt bereiten uns, seit wir aus dem Paradies vertrieben wurden, gerade die einfachsten Dinge[3].

Wenn die Narrheit nicht dafür sorgt, daß die Welt bunter wird, dann wird sie vor Vernunft so grau werden, daß sie keinem Weisen gefallen kann[1].

Wieviel zaghaftes Lächeln in dieser Welt kommt als unbestellbar zum Absender zurück[3].

Gewohnheit läßt Gefühle in Vergessenheit geraten[4].

Stil enthält ein Element des Unbewußten[12].

Ich bin noch in einer Umwelt aufgewachsen, in der es keine „Umwelt" gab[4].

Es gibt nichts auf der Welt, was so schwer zu imitieren ist wie ein Ignorant[4].

Man darf sich nicht davon abschrecken lassen, daß wissenschaftliche Intelligenz zuweilen so durchdringend ist, daß sie sogar die Vernunft durchbohrt[8].

Gegen Gas kann man sich nicht tapfer verhalten. Da nützt nur Vorsicht[12].

Der Mann, der das große Los im Morgenblatt gezogen hat, ist aus dem Abendblatt schon verschwunden[14].

Die Meteorologie ist die Wissenschaft, die entschieden irgendwo ein „o" zuviel hat[14].

Ratschläge beruhen auf Erfahrungen. Erfahrungen sind die Einsichten, die man aus den Dummheiten gewinnt, die man begangen hat[2].

Macht verführt zum Handeln[11].

Auch Könige verlieren ein ganzes Leben lang nicht den Respekt vor ihren alten Erziehern[10].

Das Aussterben der Pechvögel hätte wahrscheinlich zwangsläufig auch das Verschwinden der Glückspilze zur Folge gehabt[13].

Die Kunst zu warten ist bedeutender als die Kunst, warten zu lassen[4].

Des Menschen Leben wird enttäuscht von Erfahrungen, die durch Hoffnungen verklärt werden.

Des Menschen Leben wird verklärt von Hoffnungen, die durch Erfahrungen enttäuscht werden[3].

Kurzbiographie des Autors

Vorbemerkung des Herausgebers: Die Lebensgeschichte von Peter Bamm darf bei seiner großen Lesergemeinde als weitgehend bekannt vorausgesetzt werden, dank seinen beiden autobiographischen Werken „Die unsichtbare Flagge“ und „Eines Menschen Zeit“. Zudem enthalten viele seiner Bücher biographische Notizen. In den einschlägigen Lexika finden sich ebenfalls kurze biographische Hinweise.

Mit der folgenden Kurzbiographie geht es mir um eine Vervollständigung, wobei auf einige Punkte vorweg besonders hingewiesen sei. Da ist zunächst die Frage des Geburtsortes klarzustellen. Peter Bamm wurde nicht, wie es in allen Lexika vermerkt ist, in Hochneukirch/Sachsen geboren, sondern in Hochneukirch/Nordrhein-Westfalen. Es entspricht allerdings der Tatsache, daß sich P.B. zeitlebens als Sachse gefühlt und sich immer wieder als solcher ausgegeben hat. Im Feuilleton „Kaiserliche Stadt“ in seinem Nachlaßband „Ein Leben lang“ bezeichnet er sich expressis verbis als „Civis saxonicus sum“! Die Grundlagen zu seiner umfassenden humanistischen Bildung hat sich P.B. in Sachsen geschaffen und sich deshalb dem sächsischen Geiste und „jener feinen Skepsis, die für die sächsische Intelligenz so charakteristisch ist“, wie es an einer Stelle der „Unsichtbaren Flagge“ heißt, bis zu seinem Tode eng verbunden gefühlt.

Eine weitere Ergänzung bezieht sich auf den Wohnort seiner letzten Lebensjahre. „Meyers Enzyklopädisches Lexikon“ in 25 Bänden, Ausgabe 1971, gibt als letzten Wohnort von Peter Bamm Baden-Baden an. Vielleicht könnte für eine Neuauflage, übrigens auch anderer Lexika, vorgemerkt werden, daß Peter Bamm die elf letzten Jahre seines Lebens in Zollikon am Zürichsee verbrachte. Die Einwohnerkontrolle dieser zürcherischen Seegemeinde hat mir bestätigt, daß er vom 1. 7. 1964 bis zum Ostersonntag, den 30. 3. 1975, seinem Todestag, in Zollikon Wohnsitz hatte. Dieser seiner Wohngemeinde „vor den Toren Zürichs“ hatte er aus Dankbarkeit in seinem Feuilleton „Das reichste Dorf Europas“ (in „Ein Leben lang“) ein Denkmal gesetzt.

Kurzbiographie

PETER BAMM, mit bürgerlichem Namen Dr. med. Curt Emmrich, wurde am 20. Oktober 1897 in Hochneukirch/Nordrhein-Westfalen geboren. Als Gymnasiast meldete er sich bei Beginn des Ersten Weltkrieges als Freiwilliger zum Militärdienst, den er als Leutnant am Morgen des 9. November 1918 quittierte, wie in „Eines Menschen Zeit“ nachzulesen ist. Von 1919 bis 1923 studierte er Sinologie und Medizin und bildete sich dann zum Chirurgen aus. Schon mit 26 Jahren begann er für die „Deutsche Allgemeine Zeitung“ nachdenkliche und heitere Feuilletons zu schreiben, und zwar, wie er selbst stolz in seinem Hauptwerk erwähnt, „siebzehn Jahre lang Woche für Woche ein Feuilleton – ein bisher ungeschlagener Langstreckenrekord". Eine Auswahl dieser Feuilletons erschien vor dem Krieg in den drei Bänden „Die kleine Weltlaterne" (1935), „Der i-Punkt" (1937), „Der Hahnenschwanz" (1939). Nach dem Kriege faßte er einen Teil seiner älteren Feuilletons, verbunden mit neuen, in den folgenden vier Bänden zusammen: „Die kleine Weltlaterne" (1953), „Anarchie mit Liebe" (1962), „Am Rande der Schöpfung" (1974); dazu kommt noch der Nachlaßband „Ein Leben lang" (1976).

Zwischen den beiden Weltkriegen lebte Peter Bamm in vielen Städten, in Baden-Baden, Frankfurt am Main, Berlin, Rom, Paris und London. Dazwischen war er immer wieder auf ausgedehnten Reisen. Als Schiffsarzt fuhr er nach Ostasien, Südamerika, Westindien und Westafrika und lernte dabei die Welt und die Menschen kennen. 1928/1929 unternahm er eine große Reise durch China. 1938 ließ er sich als Kassenarzt in Berlin-Wedding nieder, wo er mit allen Schichten der Bevölkerung in Berührung kam, aber auch mit den Nazis, denen er ein unbequemer Autor war. Den Zweiten Weltkrieg machte Peter Bamm als Stabsarzt und Chirurg hauptsächlich an der Ostfront mit. Aus zwei Vortragsreihen des Nordwestdeutschen Rundfunks entstanden nach dem Krieg seine Erfolgsbücher „Die unsichtbare Flagge" (1952), der Bericht seiner Tätigkeit als Stabsarzt an der Ostfront, und „Frühe Stätten der Christenheit" (1955), ein Reisebericht, in dem geschichtliche, archäologische und biblische Kenntnisse zu einer Synthese verschmolzen sind. Nach diesen beiden großen Bucherfolgen, denen sich 1961 ein weiterer Reisebericht „An den Küsten des Lichts“ anschloß, wurde Peter Bamm zu einem der meistgelesenen deutschen Autoren. Bis zu seinem Umzug nach Zollikon lebte er vorwiegend in Baden-Baden. Dort arbeitete er das schon 1948 erschienene Buch mit Essays über die Medizin „Ex Ovo“ um und ließ es 1956 neu erscheinen. Dort entstanden auch die Sachbücher „Welten des Glaubens“ und „Alexander oder Die Verwandlung der Welt“ (1965), während das zweite Alexanderbuch: „Alexander der Große – ein königliches Leben“ (1968) schon in der Zeit herauskam, als Peter Bamm in Zollikon lebte. In Zollikon, wo er, wie bereits erwähnt, von 1964 bis 1975 lebte, entstanden noch drei Bücher: „Adam und der Affe“ (1969), die autobiographische Rückschau „Eines Menschen Zeit“ (1972) und „Am Rande der Schöpfung“ (1974).

Unter den zahlreichen Ehrungen und Auszeichnungen, die unser Autor entgegennehmen durfte, freute ihn ganz besonders die Paracelsus-Medaille der Deutschen Ärzteschaft, die ihm im Herbst 1960 verliehen wurde.

Am Ostersonntag, dem 30. März 1975, starb Peter Bamm im Kantonsspital in Zürich, nach einer kurzen, tapfer ertragenen Krankheit.

Quellennachweis

Die Zahlen hinter den Zitaten beziehen sich auf die nachfolgenden Quellen:

1 Die kleine Weltlaterne
2 Anarchie mit Liebe
3 Am Rande der Schöpfung
4 Ein Leben lang
5 Adam und der Affe
6 Ex Ovo
7 Die unsichtbare Flagge
8 An den Küsten des Lichts
9 Frühe Stätten der Christenheit
10 Alexander oder die Verwandlung
11 Alexander der Große
12 Eines Menschen Zeit
13 Aus unveröffentlichtem Nachlaß
14 Aus persönlichen Gesprächen und Briefen

Bibliographie

1952
Die unsichtbare Flagge · Ein Bericht
Kösel-Verlag, München
Auch in englisch, französisch, italienisch, holländisch, dänisch, schwedisch, finnisch, norwegisch und als Taschenbuch

1953
Die kleine Weltlaterne
Deutsche Verlags-Anstalt, Stuttgart
Auch als Taschenbuch

1955
Frühe Stätten der Christenheit
Kösel-Verlag, München
Auch in englisch, italienisch, spanisch, portugiesisch, holländisch, dänisch, japanisch, hollandsch (Buren-Sprache), norwegisch und als Taschenbuch

1956
Ex ovo · Essays über die Medizin
Deutsche Verlags-Anstalt, Stuttgart
Auch als Taschenbuch

1959

Welten des Glaubens ·
Aus den Frühzeiten des Christentums
Droemersche Verlagsanstalt, Zürich
und Thames & Hudson, London
Auch in englisch, schwedisch, holländisch, französisch, spanisch, dänisch, italienisch und als Taschenbuch

1961

An den Küsten des Lichts
Kösel-Verlag, München
Auch in portugiesisch, holländisch, dänisch und als Taschenbuch

1962

Anarchie mit Liebe
Deutsche Verlags-Anstalt, Stuttgart
Auch als Taschenbuch

1965

Alexander oder Die Verwandlung der Welt
Droemersche Verlagsanstalt, Zürich
Auch in japanisch, schwedisch, finnisch, dänisch, italienisch, spanisch, holländisch, tschechisch und als Taschenbuch

1967

Werke Band I und II
Droemersche Verlagsanstalt, Zürich

1968

Alexander der Große – ein königliches Leben

Droemersche Verlagsanstalt, Zürich
und Thames & Hudson, London
Auch in spanisch, englisch, holländisch, französisch
und als Taschenbuch

1969

Adam und der Affe

Deutsche Verlags-Anstalt, Stuttgart
Auch als Taschenbuch

1972

Eines Menschen Zeit

Droemersche Verlagsanstalt Th. Knaur Nachf., München
und Schüller & Co., Zürich
Auch in holländisch, spanisch und als Taschenbuch

1974

Am Rande der Schöpfung

Deutsche Verlags-Anstalt, Stuttgart
Auch als Taschenbuch

1976

Ein Leben lang

Deutsche Verlags-Anstalt, Stuttgart